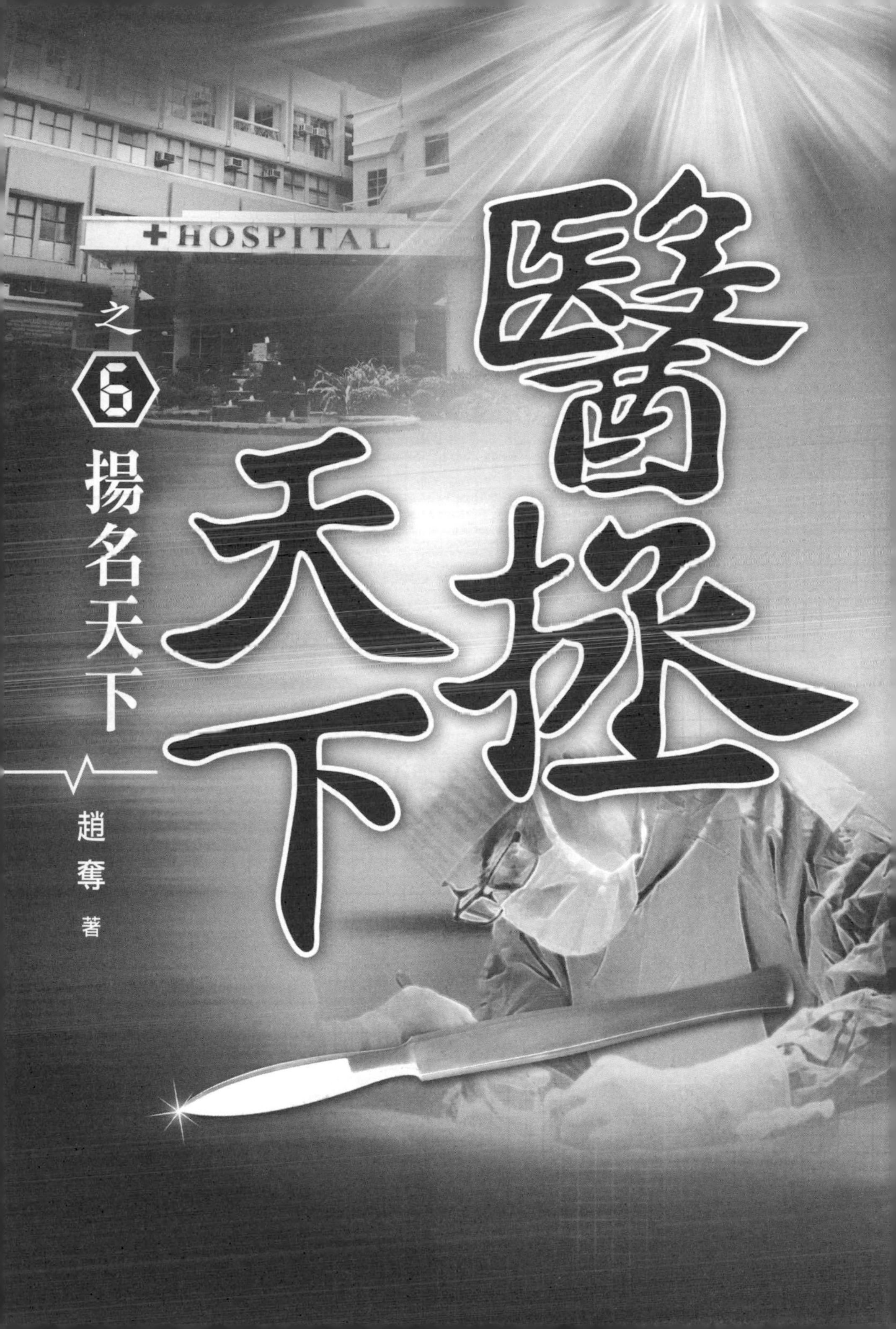
醫拯天下
之6
揚名天下
趙奪 著
+HOSPITAL

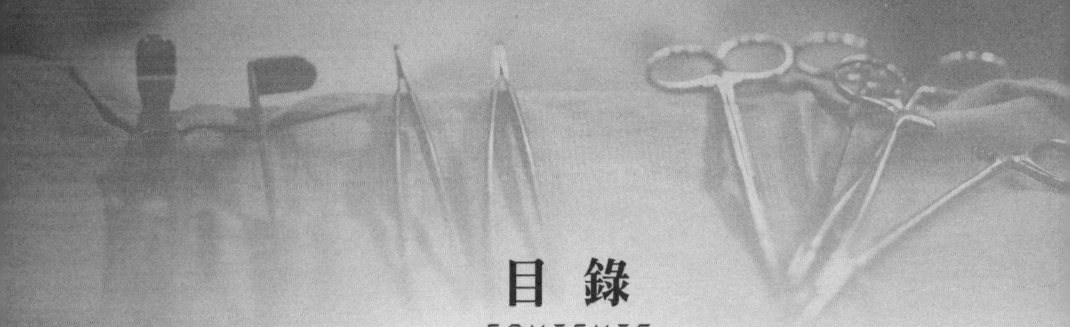

目錄

CONTENTS

第一劑

醫院大改革

歷史上任何改革都是艱難的，因為改革總要犧牲一部分人的利益，所以備受阻撓。

可榮光醫院的改革卻輕鬆得很，因為他給了大家巨大的利益。如果開始的分組以及任命主任的改革是小打小鬧，那麼後面的工資翻三番則是重磅炸彈。醫生的灰色收入的確不少，可只有在病人多的時候灰色收入才多，在榮光醫院原本就是高工資低灰色收入，現在工資翻了三倍，即使沒有任何灰色收入，他們也是很樂意的。

醫生們的高興溢於言表，熱烈的掌聲說明了一切！

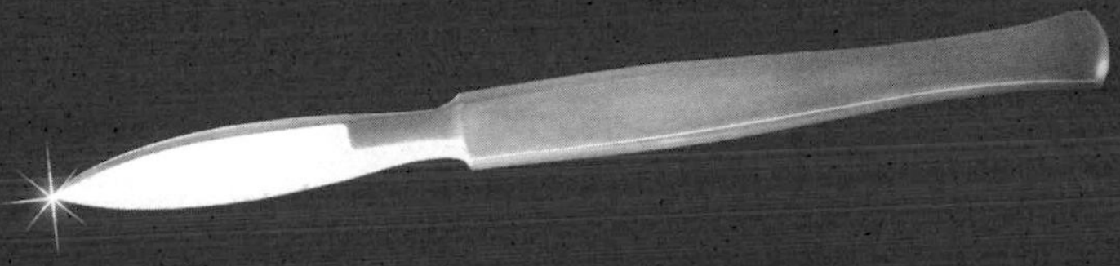

院長辦公室裏的趙依依將漂亮的長髮紮了起來，一身職業裝，看起來精明強幹。她是個精力充沛的女人，對於事業有著人們難以理解的狂熱。

接手醫院已經許多天了，隨著對醫院情況的掌握，她日漸明白了榮光醫院的劣勢。

在她對改革力度猶豫不決的時候，趙燁卻突然跳了出來，說：「準備下開除命令吧，我剛剛已經說了，九點沒查房的全部開除！」

趙依依早知道趙燁跟那群醫生水火不容，她當然是支持趙燁的，可是現在開除那群醫生她有些擔心。

「如果開除了他們，醫院豈不是要停止運轉？而且合同沒有到期，我們要賠不少錢。」趙依依柳眉緊皺。

生氣歸生氣，趙燁不會愚蠢到讓憤怒控制了自己的思想，他坐在沙發上淡淡地說道：「這個不用擔心，賠錢賠不了多少，比起賠錢來說，我們在這些醫生的簡歷上留下被開除的痕跡更值錢。」

「你是說他們會去查房？」

趙燁露出狡黠的微笑說：「沒錯，我就不相信他們是鐵板一塊，面對被開除的風險，人人都會為自己著想，多數人不會為了所謂的友誼、親情捨棄自己的利益。」

「就算我想錯了也沒關係，我早上查房的時候計算了一下，我們醫院外科一共有病人一百零三人，如果他們都辭職了，你、我、董楠，我們三個外科醫生也可以管理這些病人，只是會累一點，但只要堅持幾個月就好了。」

趙依依點了點頭，對趙燁的想法深表贊同，雖然說醫生有可能全部辭職，但這種可能性很小。

畢竟誰都不想在自己的簡歷上留下被開除的記錄。

這樣的記錄，會讓他們以後非常難找工作。

趙燁抓住了這群人的心理，他們雖然唯外科主任馬首是瞻，可到了關鍵時刻，又能有多少人跟隨他呢？

「好了，不管這次結果如何，咱們的改革都要開始了，快點去準備吧。我先去網路上公佈招聘資訊，然後再去其他醫院挖點人。」趙依依說。

「好的，你同意就好，醫院的管理還是你拿主意，我去當黑臉，開除人去了！」

趙燁不怕得罪人，反正不管他怎麼做，這群醫生對他都沒有好印象，說起來趙燁挺冤枉的，他只是做了幾個手術，就引來了仇視。

都說同行是冤家，這話還真是一點都不假。

醫院辦公室裏雖然很安靜，可氣氛卻異常緊張，聽了趙燁開除的威脅後，人人自危。誰都不想被開除，雖然不想在這醫院幹下去了，可開除跟自己離開是兩碼事。被開除，再找醫院就困難了，特別是他們這些學藝不精的傢伙，在榮光醫院享受著輕鬆的工作很爽，可是後遺症也非常大，他們三年來沒什麼進步，比起那些年輕的技術好的醫生已經落後了很多。

外科主任當然不同，他是老醫生，雖然他醫術一般，也可以冒充一下老專家。私立醫院有很多，他可不害怕被開除，事實上他很早以前就已經做好了安排，榮光醫院的工作一結束就跳槽。

他自己是有恃無恐，可是他手下這群人可不這麼想，他們多半在猶豫，在考慮是否要去查房。

「大家不用害怕，我就不相信他會把我們都開除了，這醫院難道不運轉了？沒有我們這些醫生，醫院必定倒閉，那小子欺人太甚！」

往常他的話總是有人熱烈響應，可今天卻如石沉大海，沒有一個人叫好。

老主任不由得皺了皺眉頭，厲聲道：「難道你們要屈服在那個小子的淫威下，去給他當走狗？你們還有沒有一點出息，只要我們團結一致，必定能夠戰勝一切。」

他極富煽動性的話語作用卻很小，除了幾個頭腦熱的，對他無比忠心的死黨，其他人並沒有理會。

「哎喲，我肚子痛，我去上個廁所！」一個醫生捂著肚子說，大家還沒反應過來，他已經跑出門外了。

誰都猜得到，這小子必定是跑去查房了。

眾人在恨他狡猾的同時，也十分羨慕他，眼看時間馬上到九點了，現在去還來得及，如果再拖一會兒，恐怕真要被開除了。

於是有人偷偷地摸到兜裏的手機，然後鈴聲大作，裝作接電話偷偷跑了出去……

沒一會兒工夫，醫生跑了大半，僅剩幾個腦袋麻木的和老主任的死黨。

「人心不古啊！怎麼就這麼不團結呢？」老主任一副痛心疾首的樣子。

這時趙燁跑了進來，決定給這個老傢伙最後一擊，「主任，剛剛ＸＸ醫院來人找你，聽說你要另謀高就了，榮光醫院這小廟容不下你這尊大菩薩，所以院長決定放人。這是您的離職資料，確切地說是開除資料，如果有問題可以找律師！」

現在再傻的人都明白了，這老傢伙已經有退路了，而自己則傻子一般跟著人家折騰。

老主任此刻也傻了，被開除意味著什麼？

那家醫院還會接受他這個被開除的人麼？

趙燁沒考慮自己是不是有點損，攪黃了老主任的工作，對他沒有一點好處，可是趙燁此時覺得對敵人的仁慈，就是對自己的殘忍。

趙燁從頭到尾都沒針對那老傢伙做過什麼，可他卻總是敵視趙燁，說到底，還是怕趙燁這個年輕的醫生威脅他的地位。

人們總是這樣，容不得別人比自己強，甚至有些偏激的人總要壓別人一頭。

趙燁從來沒想要跟他爭什麼，至於主任的位置，趙燁更是沒想要，整個醫院都是他的，爭主任幹什麼呢？

可有的時候，事情卻不會按照自己的想法進展，原本趙燁也沒預料到他會與這群醫生水火不容，更沒想到會走到今天的地步。

趙燁早就知道這位主任有了後路，他之所以沒說出來，也是想大家好聚好散，卻沒想到自己竟被他逼上了絕路。即然你不仁，那麼也別怪我不義了。

現在老主任徹底成了孤家寡人，再也沒有人相信他，就連那些死黨都知道，這個滑頭的主任欺騙了所有人。

看著去查房的各位醫生，趙燁很滿意，這群人終於選擇了正確的路，醫院不能沒有醫生，榮光醫院更不能停止運轉。

醫院停止運轉損失錢是小事，萬一有病人需要急救，豈不是耽誤大事。罷工的風波瞬間平息，結果是主任被開除，連帶有幾個人自己辭職了，趙燁很大度地同意了他們離職。

這群人對那主任心灰意冷，可是也不想留在榮光醫院，留下他們也沒什麼好處。

罷工風波雖然平息了，然而平靜只是短暫的，這場風波不過是一個前奏。

醫生們對趙燁恨之入骨、同時又膽戰心驚了幾天後，突然被告知開全院大會。

榮光醫院規模一般，然而麻雀雖小卻五臟俱全，醫院有一個氣派的會議室，幾乎可以容納醫院全部的醫生、護士。

主持全院開會的是趙依依，趙燁上次開除了老主任以後，再也沒有什麼動作，他低調地做著本職工作，而主任的位置就那麼空著。

得知要開會後，很多人都在猜測，恐怕這主任的位置是趙燁的了，這個年紀輕輕的小子，甚至沒有一個中級職稱，可卻要當醫院的外科主任！

「這主任也是歷史上最年輕的主任了吧！」一位醫生說道，話語裏滿是酸酸的味道，誰都聽得出來這傢伙不服氣。

「哼，不過是再忍耐兩個月，我們合同到期了自然就可以走了，他也管不著我們了。」

「家族企業，這醫院以後沒有發展了，任人唯親，獨斷專橫！」大家對這次會議的一致看法就是會提升趙燁做主任。

在去會議室的路上，醫生們議論紛紛，聽得董楠自己都有些分不清了。

他不覺得趙燁會這麼快升到主任的高度，畢竟他太年輕了，可是這主任似乎除了他，又沒有人可以擔任，他雖然年輕，可是他的能力毋庸置疑，即使許多大醫院的主任醫生也不如他。

趙燁做主任似乎順理成章，然而卻總是怪怪的，或許是身分太敏感，即使應該做主任也會引來許多閒話吧。

一路上大家議論紛紛，到了會議室也沒停止，不過是從高談闊論變成交頭接耳的小聲議論。

寬大的圓桌，一會兒工夫就坐滿了人，這樣的會議已經很久沒有召開了，這辦公室也閒置了許久。

在大家都到齊了以後，趙依依才姍姍而來，同時過來的還有趙燁，眾位醫生看到兩人一起進來，不由得露出奇怪的表情，趙依依當然坐在最主要的位置上，而趙燁則坐在她下面，那位置很顯眼，醫生們更加堅定了自己的猜測，這主任非趙燁莫屬了。

在大家議論紛紛的時候，趙依依說話了，她清脆的聲音讓全場安靜下來。

「好了，今天召集大家開會並不是臨時決定的，最近我們醫院發生了很多事情。我想大家也都清楚，現在醫院正處於轉型期，是非常重要的時期，我也不多說，大家應該都明白。」

「現在外科主任離職了，外科是非常重要的科室，我們不能任其混亂下去，必須進行改革，在這裏我做出一些計畫，希望大家能討論一下，給出意見！」

趙依依說完，整個會議室再次響起議論聲，甚至她都可以聽見他們的談話。

「看，沒錯吧，趙燁要上位了，任人唯親啊！」

「就是，這醫院沒什麼意思了，我們還是走吧！」

「老主任才離開幾天，新主任就上任了，還一副道貌岸然的樣子，說什麼不收回扣，說什麼爲了病人著想，我看他是想獨吞了所有回扣，一毛也不給我們吧！」

人人都覺得自己猜對了，可趙依依接下來的話卻讓他們大跌眼鏡，只見趙依依朱唇輕啓，緩緩說道：「醫院改革勢在必行，我決定重新改組外科，將大外科進行細緻劃分，讓每個人都能發揮所長。我會以小組來劃分，例如骨科組、心胸外科組、男科組。不同的小組管理不同的病人，另外這些小組由我來統一調度，也就是說我暫任外科主任的職務。至於外科主任，這就需要大家來推舉，看大家在各個小組的表現了。」

趙依依的話比她的美貌還要讓人震驚，大家以前都以爲她只是個花瓶，說不定是某個富翁包養的女人，跑來買醫院玩，有錢人的事情誰搞得清楚呢？可現在大家對趙依依的印象開始改變了。

「另外還有一件事情要宣佈，爲了更好的管理醫院，我決定統一採購醫療器械與藥品。醫生不得私自接觸醫藥代表，以及器械銷售商，對於收入大家不用擔心，工資我會上調，暫時定在原來工資的三倍！」

歷史上任何改革都是艱難的，因爲改革總要犧牲一部分人的利益，所以備受阻撓。可榮光醫院的改革卻輕鬆得很，因爲他給了大家巨大的利益。

如果開始的分組以及任命主任的改革是小打小鬧，那麼後面的工資翻三番則是重磅炸彈。

醫生的灰色收入的確不少，可只有在病人多的時候灰色收入才多，在榮光醫院原本就是高工資低灰色收入，現在工資翻了三倍，即使沒有任何灰色收入，他們也是很樂意的。

醫生們的高興溢於言表，熱烈的掌聲說明了一切！

醫療界的問題其實很好解決，那就是用無情的手段打壓，任何人有收受紅包、亂開藥物的行爲都要無情打壓。

當然這東西說著容易，做起來卻很難，就好像國家嚴令禁止賣淫，但是這東西就是屢禁不止。甚至許多地方滿大街都是，酒店賓館裏暗娼的更多，以至於任何人想要找小姐都是易如反掌。

其中原因很多，例如員警不努力，又或這東西如野草，抓一批又會生出來一批等等。

醫療行業也是，是國家嚴令禁止的，紅包、回扣都是不被允許卻又普遍存在，這怪不了誰，社會就是這樣。

醫療界的其實並不是最嚴重，也不是最需要迫切解決的，可是醫療關係到患者的生死，於是大家的目光都集中到了這上面。

社會上於是有著這樣的錯覺，大家痛恨醫生超過了痛恨貪官。畢竟貪官跟自己搭不上邊，而醫生確實與自己經常接觸。

大家痛恨醫生在於醫療費用過高，每次去醫院都要花一大筆錢。

本來生病就是無妄之災，得病是讓人惱怒的事情，在醫院裏花掉血汗錢，更是讓人難以接受。

於是民眾們開始對醫生有意見，醫生們其實也很冤枉，不可否認有不少醫生賺了黑心錢，可也有不少醫生是清白的，並且在醫患關係越來越不和諧的情況下，很多醫生都不敢坑害患者了。

患者現在也精明得很，誰都知道網路大神，沒事查一下，自己得什麼病都知道，去醫院用什麼藥也都知道個大概。

醫生們開始小心翼翼的伺候患者，生怕患者來個醫鬧什麼的。

現在是一杆子打死的社會，輿論不會同情醫生。

打掉了醫生的灰色收入，就要給醫生相應的補償。趙依依的高薪政策受到醫生們極大的歡迎。

高薪了，人人都有高收入了，不缺錢了，誰還會爲了多賣兩盒藥，賺那麼幾塊、十幾塊的回扣而被罵呢？

只要榮光醫院口碑好了，醫鬧的事情自然不會發生在這裏，其次高薪可以讓醫生從此解放。以前他們都是爲了錢幹活，畢竟收入跟科室的效益掛鈎，跟科室主任的賞識掛鈎。

如今工資是確定的，並且收入不菲，醫生們自然不用再絞盡腦汁來多開藥，更不用對領導做一些令人作嘔的阿諛奉承。

醫生們對新規定彈冠相慶，趙依依的嘴角卻露出一絲無奈的笑容，工資翻倍對於醫生來說當然是好事，只是醫院卻要承擔更多的經濟壓力。

當然這可以從統一醫藥管理上獲取更多利潤來補償，但是對於增加的成本來說，無異於杯水車薪。

還有一個不容忽視的問題就是，醫生變成了死工資，行醫問診的積極性有可能會降低，這就需要在管理方面下工夫。

會議沒有就此解散，在接下來的幾個小時中，在趙依依的主持下進行了分組，根據每個人的專長將不同醫生分成小組。

這樣醫生可以發揮所長，再也不用鬧出董楠這樣的骨科專家來管心臟病病人的事情了。其實這分組跟大醫院劃分科室差不多，算不上什麼創舉，可是對比起榮光醫院以前那種混亂的病人管理方式，卻是一種進步。

也意味著小醫院也在向著精細化、專業化的方向發展。趙燁的手術比起這些人來說要強很多，分在哪個專業方向都可以。然而趙燁最強的地方還是神經外科，畢竟柳青教給他的顱內手術操作是獨一無二的。甚至可以毫不誇張地說，趙燁是這個世界上屈指可數的人物之一，如果僅僅比開顱，趙燁算是頂尖的，無論是國內還是國外。

分組結束以後，又重新做了排班表，安排了值班時間，醫生們都沉浸在漲工資，收入翻倍的喜悅中，沒有人想離開醫院，收入提高了，在工作中又可以選擇自己喜歡的方向，還有什麼可求的呢？

此時內部問題才算真正解決，除了外科，內科也進行了改革，不過內科遠遠沒有外科那麼複雜。

榮光醫院的內科醫生比較少，一直以來醫院也不是很重視內科，內科醫生為了提高工資就高興得不得了，更不再求什麼別的優待。大家也下決心在榮光醫院好好工作，奉獻出自己的全部力量。

改革的成效還是不錯的，再加上老外科主任以及幾個刺頭的離職，榮光醫院開始漸漸走上正軌。

醫生們兢兢業業地工作，每天按部就班地坐診、上手術，甚至還有許多人自願加班。

現在的外科主任是由院長臨時兼任的，上次的會議讓醫生們對趙依依有了新印象，這個漂亮的女院長精明能幹，但她絕對不會永遠當這個科室主任，雖然人們陰暗心理嚴重，可也覺得趙依依不會完全憑關係讓趙燁做主任，相反人人都有種感覺，現在榮光醫院是憑能力上位的。

這醫院現在的確是憑藉能力，誰有能力誰上位，想要當主任，那就要好好表現才行，於是醫生們開始自願加班加點工作。

趙燁是唯一的神經外科醫生，更是唯一的心胸外科醫生。

榮光醫院雖然小，可規模也跟一般的小縣城醫院差不多，這樣的醫院實力不該如此弱，然而私營醫院的弊端就在這裏，無法吸引人才，也不重視人才。

於是榮光醫院成了趙燁的家，他將酒店的房子退了，住在醫生值班室裏，成爲了唯一一個二十四小時上班的醫生。

可惜的是他的病人不多，連續十幾天也就接收不到十個人，其中還有幾個不太相信榮光這小地方，簡單地處理了一下，轉到大醫院去治療了。

其實這些病人如果趙燁治不了，恐怕就算飛遍全世界也找不出幾個能治的。但是沒辦法，榮光醫院實在太小了，人家不信任。

畢竟開顱、開胸都是要命的事情。

趙燁對此也沒有什麼辦法，想要讓人家信任榮光，唯一能做的就是埋頭工作，辛苦耕耘一點點積累聲望。

工作起來時間過得非常快，不知不覺一個月就過去了，這一個月趙燁徹底變成了宅男，幾乎是在醫院的大樓裏從來不出去。

生活忙碌而充實，穿著白大褂整天遊蕩在辦公室與手術室之間，任勞任怨，幾乎所有患者都認識了這個年輕的醫生。

以趙燁的能力，處理手下的那幾個病人遊刃有餘，因此他有很多時間幫助其他人，或在門診接待病人。

門診有專門值班的醫生，老醫生值班的時候，趙燁通常會坐在他身邊學習診斷方法。畢竟趙燁只是在手術上比較擅長，許多老醫生診斷的方法他還是需要學習的。年輕醫生坐診的時候，趙燁通常也會去看看積累經驗。

沒有了那外科主任，趙燁與同事們相處得還不錯。

原本趙燁就是個開朗的人，因此在沒有病人的時候，趙燁總是與醫生們有說有笑的。

這天晚上，趙燁無聊又跑去門診，值班的是個年輕的醫生，叫王志強，比趙燁大幾歲，跟趙燁有共同語言。

夜裏並沒有什麼病人，兩人無聊便在一起聊天。

「夜班真是難熬，如果沒有你，我還真不知道該怎麼辦。」王志強打了個哈欠說道。

「難熬也要堅持，誰讓咱們是醫生！再說現在年輕，咱們總是要拚搏一下不是，不都說三分天註定，七分靠打拚嗎！」

「這話沒錯，只是現在這社會，三分天註定，七分靠關係。我那些同學都走關係，進了大醫院……」王志強歎氣道。

趙燁拍了拍他的肩膀，笑著安慰道：「其實咱們榮光也不錯，現在不過剛剛起步，用不了幾年，也會壯大的。」

趙燁是在安慰王志強，也是在給自己打氣。這幾天醫院的工作氛圍很好，讓趙燁對榮光醫院充滿了期待。

在兩個人閒聊的時候，來了個病人，四十多歲的年紀，還有一位家屬二十幾歲，他們是來輸液的。

因爲這病人簡單，趙燁就沒過去幫忙，而是在一旁看書，王志強則去問診、開藥，然後囑咐護士輸液。

很簡單的病，趙燁甚至都懶得看一眼，可就是這個簡單的病人卻出了問題，不知道什麼原因開始大吵大鬧起來。

趙燁跑過去的時候，那患者家屬指著患者的大腿說道：「你們這群庸醫，怎麼辦啊？你看都過敏了，你們這是什麼藥？假藥嗎？快點賠錢！」

患者斜躺在椅子上，閉著眼睛一動不動，他的腿部可以看見紅色斑點，昏暗的燈光下，看起來好像是過敏一樣。

王志強害怕得面色發白，冷汗直流，他第一次碰到這樣的事情，已經傻了。

醫生最害怕的就是碰到醫療事故，天天求神拜佛，可還是經常碰到。

那患者家屬見王志強害怕了，變本加厲地要求賠償，那樣子好像要將王志強吃了似的。

這時趙熚走了過來，王志強好像抓到了救命稻草一般看著趙熚，趙熚走到王志強身邊說：「做皮試沒？」

「做了啊，可是不知道怎麼了……」王志強哭喪著臉說。

趙熚點了點頭，轉過身去面對著那患者，抬起腿對著他腹部踹了一腳，只見那患者哇的一聲叫了起來。

「這不是病好了嗎？你們不是要賠償嗎？好的，給你們賠償，去保安室領取吧！」

王志強愣了好一會兒才明白過來，原來這兩人竟然是詐騙醫療賠償的騙子！

趙熚一腳踹得非常用力，躺在床上的患者慘叫一聲跳了起來，捂著肚子好一會兒才喘過氣來。

慘叫過後，當他憤怒地看向趙熚時，卻發現保安來了。

保安他見過很多，強壯的、兇神惡煞的，可李強這樣染著黃頭髮，一副大病初癒模樣的卻沒見過。

李強跟趙熚一樣，將榮光醫院當成了自己的家。

事實上，他原本就是個混混，連家都沒有的混混，在醫院天天值班，有加班費拿，還有地方住。

在趙燁給他做了手術以後，經過好一段時間才恢復過來，原本他不應該上班的，可是他覺得住院跟上班一樣，因為他職業特殊，醫院保安。

現在李強身體還有些虛弱，雖然那腫瘤是良性的，只是壓迫了神經，然而開刀對身體的損傷依然存在。

然而李強再虛弱也是個惡人，對付這種小醫鬧還是綽綽有餘的。

更何況這幾個傢伙的騙局被拆穿了，原本就膽戰心驚，此刻面對著虛弱的李強，竟然也只想著逃跑，甚至沒有反抗的心思。

跑當然是不可能的，趙燁最恨的就是這種騙子，身強力壯幹什麼不好，竟然跑來詐騙，詐騙也去黑診所詐騙啊，竟然跑醫院來詐騙！

趙燁同李強一起動手，將這兩個傢伙掀翻在地，然後開始討論處理的問題。

「送公安局去吧，讓他們嘗嘗牢飯的滋味。」趙燁說道。

李強看了看趙燁，歎氣道：「小燁兄弟啊，你還是太年輕，公共安全專家是不會管他們倆的，最多教育一番就放了，上次我聽說有人在中心醫院詐騙，也沒見什麼處罰，這幾個人交給我，保證處理明白。」

趙燁不想惹事，雖然生氣，可他畢竟是個醫生，不是黑社會，交給李強，萬一他動了私刑，最後還是榮光醫院的責任。

於是對李強的提議趕緊制止道：「這可不行，還是送給員警好，要是你不忿，就踹幾腳吧！」

李強畢竟是混混脾氣，雖然已經從良做了保安，可下手還是很黑，對著那兩個傢伙就是幾腳。

「他媽的，也不問問這裏是誰的地盤，榮光醫院可是我豹哥的地方！你難道不知道，只有我可以在這裏看病不給錢嗎？只有我能……」

趙燁聽得直流冷汗，李強的強盜邏輯，把榮光醫院當成他的山頭了，只有他能禍害，其他人絕對不能禍害。

「給我點零錢，我送他們倆去公安局！給那幾個哥們買點煙，讓他們好好關照下這倆人。」

這應該是最好的選擇了，趙燁二話不說掏出幾張百元人民幣交給李強，然而當他準備離開的時候，卻聽到一直都在咬牙堅持的假患者家屬說道：「饒了我們吧！我再也不敢了，我們其實是無辜的。」

患者也開口說話了，只不過他不是求饒，而是指著大腿的紅斑點說道：「不管怎麼樣，求你們給我點水，讓我把腿洗洗，我不行了，燒死我了！」

說到那腿部的紅斑，趙燁還是挺感興趣的，其實這兩個騙子還挺有技術含量的，弄得維妙維肖，在昏暗的燈光下的確很難發現。

再加上破財免災的心理，多半診所或私人醫院會給錢私了，也就是今天王志強運氣好，有趙燁在身邊，不然他恐怕也要破財了。

「這怎麼弄的？」趙燁問。

「先塗點藥，然後弄點稀硫酸燒一下……哎喲，讓我去洗手間沖一下吧，我真的不行了！哎喲……」

因為藥物的作用，硫酸只會對皮膚造成輕微的傷害，可是那藥物並不能維持多久，現在那硫酸已經觸及到皮膚，造成了巨大的傷害。

趙燁很想讓他這麼疼下去，可又於心不忍。

趙燁擺了擺手示意可以，那人如遇大赦般地跑到洗手間，那假患者的同夥覺得趙燁心腸不錯，起碼比李強好多了，於是湊到趙燁身邊道：「您放了我們吧，其實我們也不是有意要

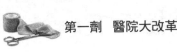

來這裏的，都是信了別人的話。原來我們只在那些不做皮試的小診所，這錢來得容易，又是黑診所，也不算昧良心。都怪這兩天我們聽信謠言，有人說榮光醫院就是黑醫院，輸液不做皮試，所以我們就來了。」

李強當然不信，覺得他這是在狡辯，當下又給了他一巴掌，然而趙燁卻沒有放棄這個細節。

「你在哪裏聽到的，難道現在很多人都這麼說我們醫院？」

「也不是很多人，我認識幾個賣藥的，他們都這麼說，還有人說你這裏的藥物都不是什麼好藥……所以我就……」

賣藥的？難道又是那個藥商？

趙燁不害怕這些騙醫的人，但是他害怕那些藥商損害醫院的名譽。

現在醫患關係緊張，想要給一個醫院抹黑實在太容易了，多數人都相信天下烏鴉一般黑，更加願意相信一個私人醫院的不正規與黑暗，哪怕他們根本就不知道這醫院在什麼地方，也不介意用自己那張破嘴去向其他人灌輸這樣的思想。

「行了，你們走吧。等等，讓王醫生給你們處理一下吧！」趙燁擺擺手道。

第二劑

腦中彈的緊急手術

手術刀劃破傷者頭皮，一切都進行得很順利，然而作為助手的趙依依卻發現趙燁開顱的位置有些問題。

「怎麼在這個方向開顱，子彈射入腦袋，根據彈道的位置應該在這裏開顱啊，你怎麼開枕骨？X片顯示也不在枕骨啊！」趙依依驚訝道。

趙依依是院長，又是主任醫師，她的經驗自然比趙燁多，她話一出口，手術室內的人都覺得她是對的。

趙燁的手術並沒有因趙依依的話而停止，他雙手不停，一邊手術一邊說道：「相信我沒錯，現在沒時間解釋，打開了就知道了。」

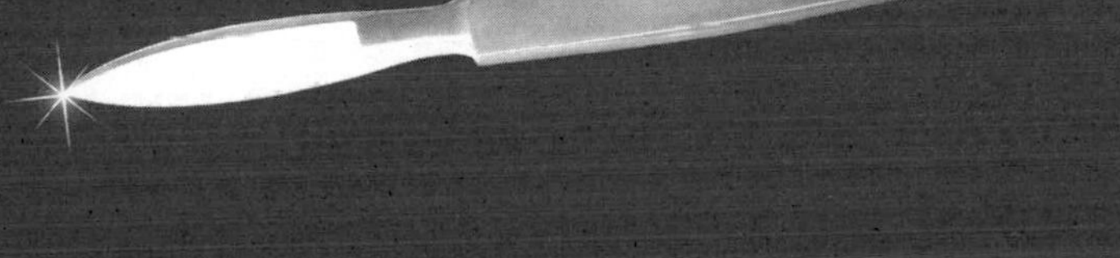

不理會李強與王志強的驚訝，趙燁離開了門診。

這幾天醫生的工作熱情空前高漲，可病人卻很少，趙燁開始還以為是榮光醫院長期以來的名聲一般，民眾不信任的原因，可今天發現事實沒那麼簡單。

很多人在搗鬼，雖然算不上主要原因，卻也不能放任不管。

這一夜，趙燁雖然沒值班，卻也沒睡好，這醫院現在就像他的孩子一般，投入了大量的心血、感情，眼下卻被人暗算，趙燁當然睡不好。

第二天，趙燁找到趙依依，趙依依這幾天睡得也不好，醫院裏需要招聘新人，最近她都在忙這些事情。

趙燁簡單地將問題講給了趙依依聽，然後說：「我們現在要集中採購藥物，但是現在這計畫還沒開始實行，我想現在應該立刻實行，並且對藥商的要求上要多加一條。」

「加一條什麼？」

「藥商不都是這裏的地頭蛇嗎？很簡單，既然都是地頭蛇，總有個蛇頭吧，我們要他們相互撕咬，看看誰才是蛇頭。」

「你是說用藥商來治藥商？」

「沒錯，那個總是噁心我們的傢伙既然暗算我們，咱也不能坐以待斃，咱們醫生拿的是手術刀，不是菜刀，沒辦法跟他鬥，那咱們就用點簡單的，曲線進攻，用其他的藥商對付他。」

趙依依聽著趙燁的計畫，眼中亮了起來，這計畫不錯，她一直爲藥物採購問題而苦惱，這些天很多藥商來找她，可趙依依一直沒拿定主意，現在她已經有了計畫。

趙依依翻開電話本，然後撥給那些藥商，「喂，我是榮光醫院的趙院長，想跟你談談關於藥物的事情……」

趙燁不知道電話另一頭說了什麼，只見趙依依笑了笑，然後說道：「這醫院不是我一個人的，我也很難辦。」

電話的另一頭當然聽出趙依依這是在索要賄賂，院長有什麼難辦，於是提出優惠條件。

「回扣就免了，我要的是一個合理的價位，另外還有一件事相求，這件事雖然是我們榮光醫院的事情，不過也是您的事情。」

趙燁笑了，這位姐姐的確非常有能力，說話得體，辦事精明，幾句話就將對方綁在了自己這邊。

「其實事情很簡單，我們醫院最近總有人搗亂，那搗亂的人您應該認識，也是您的同行，他要賣藥給我們，您想啊，我要買您的藥物啊，如果買了他的，我怎麼買您的啊，所以我拒絕了，可是他不服氣，就到處說我們醫院的藥是假的，不好的。」

「其實這也是我的事情，本不想麻煩您，但我們醫院以後就用您的藥了。他要是一直這麼宣揚下去，不僅詆毀了您的藥，同時萬一我們活不下去了，也就只能屈服買他的藥物了。」

趙依依說得楚楚可憐，更是半哀求半威脅。話中的意思就是，你不給我擺平這件事，我就不要你的藥了。

榮光醫院雖然小，可藥物賣得卻不少，每年也有幾百萬，藥商能賺多少不知道，可絕對不是個小數目。

這個數目絕對值得藥商去做一把。

趙依依明白這個道理，她猜得也沒錯，那藥商爽快地應承了下來。

「好了，辦妥了，其實我一直想要這家的藥，他們的價格最合理，效果也不錯！」趙依依說著又開始撥打電話，「還有幾家藥物也是我想要的，這次一併辦齊了吧。」

「那賣藥的傢伙有難了啊！」趙燁歎氣道。

「是啊，你的敵人總是那麼倒楣。」

「敵人倒楣總比自己倒楣好，起碼我們保護了身邊的人。」

「沒看出來，你知道在你身邊是什麼感覺嗎？」趙依依後面的一句話趙燁等了許久，卻終究沒等她說出口。

醫藥兩本來就是一家。

沒有藥，再強的醫生也救不活人。

沒有醫生，藥物則沒處用。

兩者關係密切，相互扶助，然而兩者關係卻並不是那麼和諧，其實絕大多數只是利益關係。

榮光醫院教訓了那個無良的藥商，付出的代價就是一紙合同，趙依依精明得很，她選擇的藥物多是她早就看好的，只不過借著簽合同的機會教訓那無良藥商而已。

藥商與藥商的爭鬥是怎樣的趙燁不知道，但是他相信，勝利的一方絕對是他們榮光醫院，以後那些找麻煩的估計再也不會出現了。

趙依依電話一個接一個地打出去，短短一個多小時，她不知道給那個混蛋藥商樹立了多少敵人。

當然也為自己接下了無數訂單。

趙依依打完電話，突然對趙燁說：「對了，房子弄得差不多了，你難道還要住在醫院嗎？」

「房子？」趙燁疑惑道。

「你忘記了？咱們上次去看的那個房子，我已經買下來了，你不是很喜歡那裏嗎？」

趙燁這才想起來，那已經是一個多月以前的事了，那房子的確很好，可是趙燁卻沒想過要與趙依依住一起。

美女誰不愛呢？趙燁可不是坐懷不亂的柳下惠，因此他有些害怕，萬一哪天忍不住了，恐怕後悔也來不及了。

想起遠在歐洲的菁菁，趙燁有些失落，默然無語時，卻聽趙依依說道：「就這麼定了，你今天跟我回去哦，醫院的事情你不用擔心，你都值班一個多月了，也沒有一個深夜急救的病人。你先去上班，下班了我們一起回去，對了，我還買了輛車，你會開車吧？下班我們一起開車回去，順便買點菜，我給你做點拿手的菜！」

趙依依說著一臉的期待，趙燁沒辦法拒絕，總不能在這種時候掃了她的興吧。

並且趙燁最近總是吃食堂，也很是懷念趙依依的美食，無論從哪方面考慮，他都不應該拒絕，於是點了點頭。

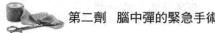

可惜趙燁並不會開車，下班以後，還是趙依依開車載著他回去的。

新房子是江景別墅，很氣派，可趙燁最喜歡的是這裏幽靜的環境。

趙依依掏出鑰匙開了房門後，直接將鑰匙丟給趙燁說：「這鑰匙以後就歸你了，那個是你的房間，你先去看看，我去做飯。」

握著鑰匙的趙燁，木然地看著裝飾奢華的房間，他從來沒想到會住在這樣的房間裏。

實際上，他非常喜歡趙依依為他準備的房間，他不知道趙依依是如何做到的，這房間的佈置每一處都讓趙燁喜歡。

無論是牆上的掛飾，還是窗台上的小花盆，趙燁喜歡這房間裏的一切，他最喜歡的是趙依依做的飯菜。

外科醫生多半胃都不好，因爲經常在手術室裏，吃飯也沒有什麼規律，而且醫院供應的飯菜不好吃，趙燁還年輕，雖然沒染上什麼胃病，可是也被折磨得夠嗆，經常吃不飽、吃不好，所以美食對他的誘惑還是極大的。

換下了職業裝的趙依依穿得很隨便，在她眼裏，趙燁也不是什麼外人。

幾個精緻的小菜惹得趙燁食指大動，也不管形象了，趙依依菜沒上全，就開始吃了起來，一邊吃還一邊稱讚道：「不錯，不錯，味道好極了！」

「慢點，還有好吃的沒弄出來呢，現在吃飽了，一會兒吃不下了哦！」趙依依微笑著又端上來一盤菜，「其實這些就夠了，姐姐不用忙了，來一起吃吧！反正以後還有機會，你也不用一次都做出來啊！」

趙依依嫵媚地一笑，道：「呵呵，如果你願意，姐姐一輩子都給你做飯吃！」

「那可不行，姐姐如果給我做飯，恐怕將來的姐夫會很不滿哦。」

「你滿意就行了，再說我現在是嫁不出去的老姑娘，我決定以後就跟著弟弟了！」

趙燁滿頭黑線，不知道如何回答，只能低頭扒飯，一邊吃，還不忘說飯菜好吃。

現在趙燁早已經過了長身體的年齡，可他卻覺得自己回到了十七八歲的時候，不僅吃了許多飯，而且還心跳加速。

這不是一個好兆頭，趙燁好歹也是男人，更是個二十多歲血氣方剛的小夥子，人體內的激素對思想的影響是非常大的。

趙燁在努力控制自己，當然辦法還是老辦法，用冷水洗澡。

趙依依在趙燁心中更多的還是老師、姐姐一樣的人物，趙燁心中的女人還是菁菁，她出國已經好幾個月了，趙燁只跟她通了幾個電話，每次聊的時間都不長。

那熱烈如火的感覺，在電話中永遠都感受不到，趙燁一直在告訴自己，分開只是暫時的，可是有時候他又覺得，是不是自己太天真了？

兩個人真的能走到一起去嗎？

洗過澡之後，趙燁回房間迷迷糊糊地睡著了，床很軟，很舒服，趙燁的夢也很香甜。

深夜，趙燁發現有人闖進了他的房間，迷迷糊糊中，他看到了穿著睡衣的趙依依，單薄的絲質睡衣無法遮住她的身體，這讓趙燁以爲自己在做夢。

春夢？這個年齡經常會有，不過很快趙燁就發現這是現實，難道趙依依來夜襲？

「快點穿衣服，醫院有個急救！」趙依依留下一句話，就匆忙地跑回房間穿衣服。

趙燁十分訝然，暗罵自己淫蕩，什麼夜襲啊，再看看錶，才凌晨三點，這個時候急救？難道醫院沒有人值班麼？

趙燁剛穿好衣服，趙依依已經發動了汽車在門口等他了，一路飛馳到醫院。

醫院裏亂成一團，半夜裏接到急診病人的次數不多，眼前這樣的病人更少，這是一個中了槍傷的傷患。

子彈擊中了頭部，幸運的是鋼盔減弱了絕大部分的衝擊力，傷者並沒有死亡，只是陷入了昏迷。

槍傷多半醫生都沒有處理過，更別說榮光醫院這樣小醫院的醫生了，本來這患者是要送到大醫院的，可是這傷勢太嚴重了，只能就近在榮光醫院處理了。

值班醫生看到趙燁的時候，猶如抓住了救命稻草，顧不得擦拭額頭的汗水，跑過來對趙燁說：「總算來了，再不來，恐怕咱們醫院都要讓人給拆了。」

「怎麼回事？」

「槍傷，擊中了頭部，剛剛送過來，正準備去做檢查。受傷的是個武警，他的戰友很凶，您小心點……」

趙燁聽到槍傷、擊中頭部的時候皺緊了眉頭，一般擊中頭部的槍傷都很難搞。

人如果沒死，子彈必定沒擊中要害，那麼就需要開顱取子彈，取子彈不難，難就難在確定位置上。

「送去做X光！」趙燁說。

「不做CT跟核磁共振？」醫生疑惑道。

「子彈還在腦子裏，你傻了？不知道CT跟核磁共振成像的原理了？難道想讓子彈在磁場中亂跳，把腦子攪成一鍋粥？」

趙燁罵完那醫生，就跑去準備手術，手術室早在接到電話時就開始準備了。

其實槍傷一般是不用拍片子的，好的醫生不需要檢查也能完成手術。

然而顱內槍傷跟其他槍傷不同。

其他部位的槍傷再嚴重，也不會危及生命，除擊中心臟這種要害部位會當場死亡外，其他最大的損傷就是失血，而血液是可以人工補充的。

顱內的槍傷無法根據物理學判斷子彈的位置，必須檢查才能看出來，當然最好的檢查是核磁共振，可是眼下只能用X光。

其實準備也沒有什麼好準備的，只是把值班的工作人員從睡夢中拉起來，可是受傷武警的戰友們可不這麼想，當趙燁剛走到手術室門口，他們幾個就將趙依依跟趙燁圍了起來。

「你就是醫生？怎麼才過來，你知不知道我兄弟正在流血？告訴你，要是我兄弟有個三長兩短，我饒不了你。」其中一個武警戰士說道。

「你少說兩句！」另一位武警戰士吼了那個激動的戰士一句。然後又轉而對趙燁說道：

「醫生，麻煩您救救我的兄弟，不管怎麼說，我們都會感激您的！」

趙燁不知道他們是幹什麼的，但各個精壯強幹，再看看他們身上的配槍，絕對不是普通的員警或武警。

趙燁救人從來不聽別人說什麼自然會盡心盡力，但是他也不喜歡被別人威脅。

趙燁一句話也沒說，只是冷冷地掃視了一眼站在面前的幾個人，不卑不亢地走向手術室。

透視和X線都是通過正位或是側位來檢查，拍攝的只是正面的圖像，主要是用來檢查胸片，骨頭的損傷等等。

而CT是橫斷面成像，可以做為X線的補充，能看到X線看不到的，比如檢查胸部時被心臟擋住的肺葉，在顱內檢查也有非常大的作用，可以逐層掃描，有經驗的醫生可以根據這圖片在頭腦中形成立體圖像，準確的找出病變的位置。

核磁共振成像在絕大部分要比CT好，當然價格也昂貴。

可惜的是，現在病人只能做最簡單的X光拍攝平面圖位，一般頭顱是不做X片的，因為顯示的實在太差。

現在有X片，已經沒有什麼可以挑剔的了，畢竟是急救，有X片總比沒有好。

許多戰地醫生在野外碰到這樣的病人都是直接根據彈道的痕跡來開顱。當然他們有時候也會失敗，可是戰地醫患關係不緊張，更沒有時間去追究什麼，即使有失誤，也不會有人說什麼。

手術室內的兩名醫生是榮光醫院最強的兩個人，趙依依跟趙燁，兩個人很久沒有同台手術了。

很多醫生都喜歡固定的醫療團隊，因爲熟悉的人可以配合得很好，這裏的團隊不僅是助手，還包括器械護士、麻醉師等等。

趙燁手術沒有什麼固定的團隊，一直都是有什麼人就用什麼人，其中助手他用過很多，最好的當然是變態大叔李傑，其次就是趙依依。

值夜班的醫生護士絲毫沒有倦怠，當趙燁穿著手術衣進入手術室時，病人已經進行了麻醉，準備好了手術。

手術室門口的那些傷者的戰友讓趙燁有些不爽，然而這些情緒是不能帶入手術室的。就算門口那群人剛剛打了趙燁，或做出點過分的事情，他也會繼續手術。至於恩怨，他會留在手術後再算賬。

無影燈下的趙燁聚精會神地手術著，手法乾淨俐落。唯一的輔檢材料X光片掛在牆上。根據片子的資訊很難定位子彈的位置，就連放射科的報告單子上都含糊其辭。

趙燁卻根本不在乎這些，看片子他從來都是自己看的，根本不理會那些報告單。一個好的臨床醫生應該是全科的全才，在某個專科上有特長。

趙燁的特長在於外科，神經外科與心胸外科雙專長，然而他對於槍傷確實沒見過，更是第一次進行治療。

然而第一次不代表做不好，經驗的確很重要，但經驗卻不代表一切，掌握了手術的方法，舉一反三，即使許多沒有見過的手術，依然可以輕鬆地完成。

手術刀劃破傷者頭皮，一切都進行得很順利，然而作爲助手的趙依依卻發現趙燁開顱的位置有些問題。

「怎麼在這個方向開顱，子彈射入腦袋，根據彈道的位置應該在這裏開顱啊，你怎麼開枕骨？X片顯示也不在枕骨啊！」趙依依驚訝道。

趙依依是院長，又是主任醫師，她的經驗自然比趙燁多，她話一出口，手術室內的人都覺得她是對的。

如果換了其他人，可能也會同意趙依依的想法。因爲無論怎麼看，她的推斷都是對的。

子彈射入應該走直線，怎麼也不應該鑽到枕骨部去。

趙燁的手術並沒有因趙依依的話而停止，他雙手不停，一邊手術一邊說道：「相信我沒錯，現在沒時間解釋，打開了就知道了。」

手術是爭分奪秒的事情，剛剛做X片已經耽誤了不少時間，這傷者顱內出血造成的顱內高壓，已經對他造成了一定程度的損傷。

現在傷者昏迷，能不能清醒趙燁不清楚，更管不了那麼多，只能寄希望於手術能夠成功。

其實趙燁有種感覺，這人被擊中頭部還沒有死亡，本身就是一個奇蹟。

子彈在頭盔的防護下被減弱了大半的威力，進入頭顱的時候並沒有多大的力，同時也沒有傷到主要的腦組織。

這手術其實沒有多少人相信會成功，手術室裏的人多半都是迫於這位傷者戰友的壓力，連給趙燁打電話也是被逼的，如果有選擇，他們更願意打電話給其他醫院，讓其轉院。

這樣的患者多半治不好，雖然命中頭部還沒有死亡，可誰能保證手術中不死亡呢？誰又能保證可以救得活呢？

趙燁卻沒想那麼多，治病救人盡力就是了，能不能活還要看他的造化，作為醫生應該有自己的職業道德。

取子彈其實跟取腫瘤差不多，都是開顱，然後避開重要的組織將子彈取出來，當然取子彈還有個必須做的事情，就是止血。

子彈造成顱內組織大量出血，這是危及生命的主要原因。

手術刀切開頭皮，快速分離頭皮與顱骨。

然後電鑽加線鋸打開顱骨，劃開硬腦膜，當趙燁打開顱骨的一瞬間，所有人都愣住了。

他們看到了子彈，趙燁的判斷完全正確，這子彈竟然改變了飛行軌跡，鑽到了枕骨。

趙依依拿著那塊切下來的顱骨，看了半天，若有所思地道：「我明白了，這子彈是碰到了顱骨，改變了方向！」

「沒錯，是改變了方向。好了，準備取子彈了！」

趙燁永遠是那麼自信，趙依依很喜歡他這種將一切掌握在手中的感覺。

其他人則是一陣驚歎，趙燁年紀輕輕卻心思縝密，這種顱內槍傷很少見，就算有經驗的老醫生也不見得能發現這點。

更加難得的是趙燁在這麼緊急的情況下，又是在那傷者戰友兇惡的目光下，竟然也能保持如此冷靜。

手術室裏的人對趙燁這個年輕醫生刮目相看，這個醫生不僅醫術高超，在某些方面也有著過人的本事。

無影燈聚焦下，趙燁那雙手彷彿沐浴在聖光下，頻繁變化的手術器械在他手中猶如被賦予了靈魂，切割、分離、探測等等一系列動作如行雲流水，一氣呵成。

趙依依這個助手一直在旁邊看著，沒有機會插手。

隨著子彈噹的一聲落入托盤，趙依依驚得花容失色，好半天才反應過來。

「好了，手術完成，準備縫合吧！」趙燁道。

「手術完成了？」麻醉師先說話了。

趙燁剛剛拿起持針器與鑷子，面對麻醉師的疑問，淡淡地說道：「當然完成了，難道你還想繼續?大半夜的，還是睡覺得好！」

「可是，可是我麻醉藥的劑量是兩個小時啊，你這速度也太快了，才四十五分鐘，我怎麼辦啊？」麻醉師哭喪著臉道。

一般開顱手術都要兩個多小時，所以這麻醉師給了兩個小時的劑量，其實這也怪不得他，畢竟他沒跟趙燁合作過，不知道趙燁的速度，再加上這是急診搶救手術，他不可能等趙燁來了看過病人再決定麻醉劑量，那樣太耽誤時間，所以他只能憑藉經驗來設定劑量，他萬萬沒想到竟然麻醉時間過長了。

如果是其他人，或許他會出去跟家屬說明情況，家屬也會理解。可是門口那幾個傷者的戰友，兇神惡煞似的，恐怕沒那麼容易，所以他才哭喪著臉，彷彿世界末日一般。

其實想想也是，手術室門口的那幾個傢伙可是真槍實彈，在趙燁進入手術室之前，他們就很不友善，似乎趙燁是兇手一般。

看麻醉師哭喪著臉，趙燁一邊縫合一邊說道：「嗯，你自求多福，一會兒出去求饒吧！」

趙燁當然是開玩笑，他很快處理完了傷者，對麻醉師說道：「你不說就行了，這算不上醫療事故，反正中槍了以後也不會那麼快醒來。直接送到ＩＣＵ吧！」

「麻醉費用就按照手術時間算，差的錢醫院來出，這不是你錯，趙院長你沒意見吧？」

趙依依也是明白事理的人，這麻醉師技術很不錯，兢兢業業的，麻醉時間的長短不會對身體造成傷害，這種小事根本算不上事故，對趙燁的提議，她當然是同意的。

麻醉師對趙燁千恩萬謝，沒扣他的工資和獎金，他已經很高興了。

現在他算是記住了，趙燁手術很快，以後一定要短時間麻醉，不夠了再補麻醉藥。

同時他也將這個消息傳遍了醫院，讓每個麻醉師都知道，趙燁這個年輕醫生的手術非常快。

走出手術室的清潔區，趙燁摘下了口罩，不等傷者戰友開口問，他先說道：「手術很成功，子彈已經取出來了！能不能清醒我不知道，這要看他的造化。」

這群人也不是那種蠻不講理的人，聽到手術成功，一個個都很興奮，歡呼擁抱著。

其中一個也就是一開始就對趙燁和顏悅色的人，看起來似乎是這群人的領隊，他走到趙燁身邊，偷偷遞給趙燁一個信封，輕聲說道：「多謝你了。」

趙燁低頭一看，厚厚的信封，不用想也知道，這裏面是錢。

這就是傳說中的紅包！

趙燁當醫生這麼久，還是第一次有人送他紅包。

「請你尊重我，也尊重你自己！」趙燁冷冷地說道。

第三劑

怪異的面試考題

「你魔獸世界的帳號多少級了？」趙燁問。

「剛剛滿級……」應聘者奇怪趙燁為何知道他玩魔獸世界，殊不知這只是趙燁隨便的一問，於是老老實實回答。

「那你對亡靈有什麼看法。」

「亡靈模型太差勁，跟人類不符，另外亡靈的活動有問題，就算變成亡靈肌肉也不應該改變，正常的肌肉應該……」應聘者滔滔不絕地說著自己的看法，將人類正常的解剖完全應用到了遊戲上。

「行了，你通過了，試用期一個月！」

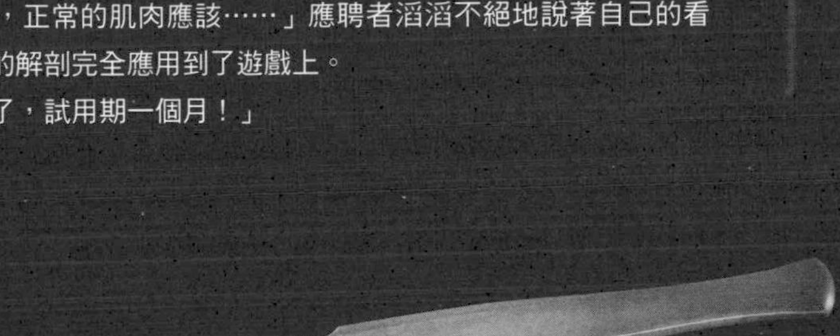

醫生不收紅包，聽起來好像貓不偷腥一般的可笑，紅包已經成爲了大家默認的事實。人人都痛恨這樣的醫生，可人人都曾給醫生送紅包，就好像人人都罵貪官，可多半他們遇到貪官還是喜歡送禮求人家辦事。

這已經成爲了這個社會的規則，很悲哀的規則。

這位送紅包被拒的戰士叫做汪雷，隸屬於武警部隊，這次的任務是押運任務，路上出了問題，一位戰友受傷送到了榮光醫院。

當然送榮光醫院並不是因爲這裏醫療條件好，最主要的原因是這裏近，其實他們幾個把戰友送到這裏也是抱著試試看的態度，大家心裏都知道，那戰友應該是活不成了，可手術竟然成功了，這讓他們覺得十分神奇。

汪雷是這群人的領隊，同那些戰士一樣，軍人都是重感情的，戰友受傷讓他一樣惱怒異常，說話時未免有些不客氣。

但是畢竟他頭腦更冷靜一些，爲人也事故一些，他見趙燁不肯收錢，先是一愣，隨即明白了趙燁的意思。

他手裏的錢不少，足可以打動一個醫生，可趙燁不收這錢，且態度堅決，汪雷看得出這醫生不是普通人。

現在他不由再次對趙燁進行評估。

眼前這個年輕人看起來不過二十多歲，卻不是目光短淺之輩。汪雷不好再提紅包的事情，他將裝滿錢的信封塞進口袋，說道：「我叫汪雷，XX部隊的，這是我的電話，我欠你個人情，有需要可以找我。」

趙燁沒接那個寫著電話號碼的紙條，他只是淡淡地說道：「我是醫生，治病救人是我的職責，我拿的是醫院的工資，不需要額外的東西。」

汪雷看著趙燁離去的背影笑了，這樣的人他見過很多，大多年輕氣盛，在經過長時間的磨礪後，還能剩下幾個？

在汪雷眼中，趙燁不會是那特殊的一個，趙燁這樣的年輕人他見過很多，芸芸眾生中每個人都以為自己是獨一無二的。可實際上呢？

時間會揪出一切平庸。

「好吧，趙醫生再見！」

汪雷微笑著瞄了一眼趙燁的胸牌，住院醫師趙燁，作為軍人他對部隊的稱號很熟悉，住院醫師他卻不太瞭解，以為住院醫師也是醫生的一種高級職稱。

軍人的作風雷厲風行，真正的站如松，臥似弓。

送走了傷者及其戰友，麻醉師才敢出來，他擦了擦汗說道：「真是謝謝您，這群人終於走了。」

「好了，休息吧！明天還要繼續上班。」趙燁揮手說道。

此刻時間已經是早上六點，最多還能休息一個小時，然而這一個小時也是很寶貴的，醫生是靠知識吃飯，可是很多時候體力也非常重要。

加班加點是正常的，趙燁已經習慣了，衣服都沒脫直接倒在值班室裏睡著了。

中彈的傷者被送到重症監護病房，榮光醫院瞬間又恢復了平靜。

這一折騰不要緊，到了上班時期，醫生們開始哈欠連天，人人犯睏。

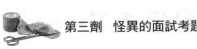

本來榮光醫院細化分組是個好辦法，在許多大醫院也是大勢所趨，可榮光醫院畢竟太小了，人員太少，在排班等問題上都暴露出問題。

前一陣子剛剛改革，人人幹勁十足，趙燁也沒發現這麼多問題，一直到今天他才發現。人不是機械，超負荷運轉終究是個問題，特別是醫生這個行業，說不好什麼時候就會來許多病人，連續幾天都很忙碌，眼前的人員劃分太細，醫生又太少，這樣萬一遇到忙的時候，連個替班的都沒有。

例如趙燁是榮光醫院唯一的神經外科與心胸外科醫生，如果遇到忙的時候，連個頂替的人都沒有。

人的體力終究是有限的，更重要的是手術這個活需要集中精力，疲勞狀態下手術是不負責的。

手術中一個不小心就有可能出現醫療事故，這是對自己不負責，更是對患者不負責。

然而再累也要堅持，誰都可以休假，醫生卻不能休假。

昨天夜裏屬於突發情況，趙燁沒問到底是怎麼受的槍傷，甚至連病例上都是空的。

趙燁知道有些事情不應該問，可是有時候他不關心，其他人卻關心。

沿江市第一醫院當天夜裏也接收了一位特殊的槍傷病人。

第一人民醫院在十分鐘內召集了所有的專家醫生，醫院裏燈火通明，一片忙碌，專家們先是會診確定手術方案，然後由幾位專家進行聯合手術。

槍傷很少見，和平年代社會穩定，槍支管治得很嚴格。

一般醫生對槍傷都沒有經驗，第一人民醫院如臨大敵，調集了所有專家一起上場。

這個傷者身中三槍，其中一顆子彈穿過了肺葉，一顆擊中了大腿，還有一顆擊碎了脾臟。

傷者失血性休克，第一件事當然是止血，同時補充血量，然後才是取子彈的問題。手術室的燈一直亮著，整個手術持續了差不多五個小時，爲了這台手術，第一人民醫院的院長甚至都披上了久違的手術衣。

在眾位醫生的努力下，手術終於完成了，醫生們筋疲力盡，然而手術的喜悅沖淡了一切。

院長作爲這次手術的主刀醫生之一，很是高興，出了手術室的第一件事，就是召喚自己助手過來。

「手術成功了，去招呼電視台啊，報紙啊。這可是咱們沿江市的大事，比什麼廣告都有用！」

第一人民醫院的院長姓郝，長得人高馬大，從前是一位骨科醫生，一步步升到了院長。如果僅以外貌來看，這院長似乎是那種行事不羈的粗獷大漢，然而熟悉他的人都知道，他思維細膩，城府很深。

作爲院長，他思考的不僅是治病救人，他還要爲醫院的整體考慮，考慮競爭，考慮如何拉病人。

然而聽了郝院長的要求，那助手卻遲遲沒動，遲疑了好一會兒，那助手才開口道：「院長，這個報導還是算了吧，就算報導了，也是給咱們的競爭對手做了嫁衣。」

「什麼意思？」郝院長雙手抱在胸前疑惑道。

「剛剛我跟另一個戰士聊天，聽說還有一個受傷的，被子彈擊中了頭部，神奇地沒有當場死亡。」

「因為各種原因，那位被擊中頭部的傷者送到了其他醫院，聽說手術也成功了。」院長助手緩緩說道。

民眾喜歡八卦，多半對手術的難度和具體過程不知曉，他們選擇醫院多半是依靠口碑，還有就是宣傳。

將中槍的人搶救回來無疑是一個非常好的宣傳題材，市民對第一人民醫院的印象也會上升到一個新的高度。

可是郝院長怎麼也沒想到會發生這樣的情況。辛辛苦苦六個小時的手術，手術之前所有的美好計畫都泡了湯。

這讓郝院長異常惱怒，他低聲問道：「是哪個醫院？為什麼當時沒爭取到那個傷者？」

助手知道院長生氣了，戰戰兢兢地回答道：「那個傷者太危險了，頭部中彈，大多數醫生都不敢收，只有榮光醫院敢收那個傷者！」

「榮光醫院？」郝院長驚訝道，他一直以爲是競爭對手中心醫院、第二人民醫院等大醫院，他怎麼也沒想到會是那個民營的私人醫院。

「就是那個小醫院，不知道他們那個男科醫院爲什麼突然轉變了。以前連開顱手術都不能做，現在卻一下子完成了這麼高難度的手術。」助手解釋道。

郝院長作爲一院之長，密切注意著整個城市所有對手的一舉一動。榮光醫院在人們心中只不過是個小醫院，民眾不信任他們，誰都不願意拿自己的身體開玩笑去那樣的小地方。

作爲競爭對手，郝院長的第一人民醫院也從沒有將這個民營的小醫院放在眼裏，在他們看來，自己的第一門診的實力都比那小醫院強。

「是不是他們醫院來了什麼厲害的醫生？給我查一查，如果那醫生實力夠強，就挖過來吧，正好我們神經外科最近有幾位老專家退休了。」郝院長說道。

「我這就去辦！」

助手如遇大赦，趕緊逃走了，心中盤算著如何才能讓院長滿意。

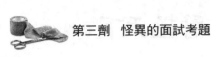

榮光醫院中，趙燁剛剛查房結束，坐在辦公室裏盤算，榮光醫院醫生太少了，應該進行人才選拔了！

選拔人才很重要，但是挖牆腳似乎也很重要，如果能夠挖到一批有經驗的醫生，直接投入到臨床工作中那自然最好，實在不行，就只能自己培養一批畢業生了。

趙燁想要招聘人才，他要的是那種一心鑽研醫術的人才，當然這一要求有點高，在當今社會中，這樣的人比較少了。

在同一塊市場上競爭，是多方位的競爭，不僅僅是要爭奪市場資源，還有人才、技術等等。

中國人口多，學校也多，特別是醫學院，這個在歐美國家最頂尖的學生才能進入的醫學領域，而在國內甚至專科生也能夠學習。

更爲高端的牙醫，在中國專科生也可以學習，於是在中國有了大量的醫生，然而醫生衆多不代表國內的醫療水準高，更不代表醫生非常多，每個人都能得到很好的醫療保障。

事實上，每天國家都要培養大量的醫生，而每年又有大量的醫生放棄工作成爲了其他行業的員工。

原因無它，只是工作不開心，待遇低下。

很多人都覺得醫生是個高薪的職業，甚至人人都能舉出例子，然而那只是大家看到的少量有錢人而已，醫生是個金字塔一般的職業，越頂層的醫生賺錢越多，而下面的小醫生則拿著不到一千圓的死工資，爲了多拿獎金而出賣良心。

很多人痛恨醫生，收了錢還治不好病。

醫生也鬱悶，花了高昂的學費，出來了卻什麼都不是。

這種事情怪不得任何人，只能怪國家政策的不成熟，連教育都產業化了，醫療業市場化了，憑什麼要求人家還無私奉獻啊！

醫生救人成爲了商業，誰見過那個商人會無私奉獻？

醫生漸漸的變成了商人，一心向錢看，當年的宣誓全都變成了如今的貪心。

這樣的醫生自然無法成爲頂尖的醫生，資質平庸，不努力練習而且整天想著如何收錢。

趙燁想要招聘人才，他要的是那種不爲了錢，一心專研醫術的人才。

當然這一要求有點高，在功利性的社會中，這樣的人可是非常少的。

所以趙燁在醫生的待遇方面給出了高薪，但是高薪可不是誰都能拿到的，這還需要認真考察。

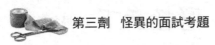

在趙燁與趙依依兩個人討論如何招聘人才的時候，醫院迎來了一個特殊的病人。

這病人三十多歲，帶著金絲眼鏡，看上去文質彬彬的，說他特殊，是因爲他指名要趙燁看病。

如果趙燁是個老專家什麼的，指名找趙燁也很正常，可趙燁才來這裏幾個月，認識他的人不可能很多。

在其他同事爲趙燁的成功而高興的時候，趙燁卻在心中犯嘀咕。當他第一眼看到病人的時候，趙燁心中更是不解。

這人看起來沒有什麼不適，精神飽滿、血氣流暢。那患者看到趙燁連忙起身，伸手對趙燁說道：「趙醫生您好，鄙人姓張，叫張雨。非常仰慕您的醫術，今天能見到您真是太高興了。」

面對微笑的張雨，趙燁撇了撇嘴笑道：「你見到我高興什麼？我是醫生，最不受人待見了。」

「別這麼說，您醫術高超，我以後還要多見您，多依靠您呢！」張雨微笑著，彷彿趙燁是他的老朋友一般。

「你可別多見我，見我就是生病了，我也不是什麼好醫生，專門幹開顱挖胸的事，還是少見我爲妙。」

張雨頭冒冷汗，傳說中趙燁可不是這麼不好說話，也不知道今天是怎麼了。

「你可別這麼說，心胸外科、神經外科都是頂尖的領域！你這樣的醫生可是頂尖人才……」

趙燁笑了笑，對這位陌生的張雨的恭維沒有絲毫反應，只是淡淡地說道：「你其實一點病都沒有，你來這裏到底想做什麼？」

張雨一愣，隨即說道：「趙醫生年輕有爲，你不覺得待在這個榮光醫院是一種浪費麼？」

「我覺得這裏很不錯啊！有什麼浪費？」

「良禽擇木而棲，您這樣的外科聖手爲什麼要待在這種醫院呢？你看看這低矮的樓房，簡陋的設備，再看看這裏的病人多麼稀少，如何能發揮您的專長呢？」

「您辛辛苦苦工作到現在，擁有了今日的成就，但是您得到的待遇真的跟您的付出相符麼？不瞞您說，我就是看不慣您這樣的人才被埋沒，所以我邀請你去我朋友的醫院，就是沿江市第一人民醫院，院長是我鐵哥們！」

「如果您去了，我保證待遇會比這裏好幾倍，工作環境更是沒得說！您是行裏人應該知道，第一人民醫院可是有科研經費的，您還可以安心搞科研！」張雨拍著胸脯說道。

張雨的話如果說給其他人聽，恐怕那人會欣喜若狂，可趙燁卻不爲所動。這張雨很明顯是個挖牆腳的，他開出的條件不是不動人，連張雨都覺得第一人民醫院給出的條件夠豐厚，一個二十多歲的年輕人沒有理由拒絕這種條件，要知道，許多三十歲的博士生也沒有這樣的待遇。

「我看您身體沒事，還是回去休息吧，至於您的提議，我看還是免了吧。」趙燁淡淡地說道。

「您不考慮一下？」張雨怎麼也沒想到，趙燁竟然下了逐客令。

「不必。」

趙燁拒絕得很乾脆，先不說這榮光醫院根本就是他的，就算這醫院跟趙燁一點關係都沒有，他也不會爲了錢而跳槽。

在趙燁看來，醫生爲了錢而跳槽是很沒職業道德的事情，既然想做醫生，那就不應該爲了金錢和利益而跳槽。

醫療、教育，應該跟水、陽光、空氣一樣，都是公民應該無償使用的權利，如果這些東西都標上高價，跟金錢掛鉤，那無疑是悲哀的。

趙燁不喜歡為了錢四處鑽營的醫生，否則面對現在醫院人手緊張的狀況，他直接叫那位獵頭公司的張雨去挖人才，什麼問題都解決了。

張雨無論如何也不瞭解趙燁的想法，只得離開榮光醫院回去覆命，原本他還打算用點別的手段，可最後還是放棄了，因為他覺得趙燁根本就不是那種能拉過來的人。

其實他想得沒錯，趙燁無論用什麼東西都是拉不來的。

趙燁根本沒想過離開，相反地，他還在思考如何將優秀的人才弄到榮光醫院來。

現代的年輕人都喜歡網路，趙燁也不例外，以前在學校的時候，趙燁喜歡上長天大學的校內論壇，現在到了醫院以後，趙燁很少上網。

網路是個好東西，合理應用可以得到很多東西，沉迷其中也可以毀了一個人。

趙燁現在很少上網，如今想到招聘，他才想起來，網路上有很多招聘網站，可是招聘臨床醫生的卻非常少。

去年在趙燁準備實習的時候。他曾經很好奇到網路上的各大招聘網站上尋找招聘醫生的醫院。

結果讓他很是傷心，所有的醫院都要有經驗的醫生，所有的醫院都要求研究生，彷彿一夜之間全世界都是研究生，本科生變得不值錢了！

這讓當時的趙燁鬱悶了好久，辛辛苦苦學習幾年，到頭來卻不值錢，網路上到處都是關於大學生們眼高手低，沒能力的言論。

現在趙燁走入了社會才徹底的明白，那些言論就跟攻擊醫生一樣，只不過是少數人別有用心而已。

剛剛畢業的大學生的確什麼都不會，就好像實習醫生剛剛到醫院，束手束腳連護士都不如。可是用不了幾個月時間，實習醫生們漸漸發現，護士才是什麼都不懂。

趙燁打開招聘網站，開始發佈招聘資訊，趙燁發佈的招聘資訊跟其他的招聘單位不同，沒有大篇幅的介紹，更沒有給出什麼高工資，直接說明招聘應屆畢業生，本科生、研究生均可。

在幾個網站上發佈了消息後，趙燁就下線睡覺了，沿江市經濟在本省數一數二，在全國也是前五十位的城市，沿江市這種地方的醫院，哪怕是個私人醫院，也不怕招不來應屆畢業生。

畢竟沒經驗的、剛剛畢業的醫生沒有多少醫院願意要，趙燁卻不害怕，他有足夠的耐心。

趙燁偏愛應屆畢業生，畢竟剛剛走出校園的學生多半都是白紙一張，你在上面寫什麼，他們就是什麼。

趙燁想要的是那種純粹的醫生，熱愛醫生這個職業，而不是爲了賺錢而當醫生。

還是那句老話，醫術不行可以培養，而人品不行卻是怎麼都改變不了的。

趙燁不介意將自己的經驗給人家分享，畢竟他一個人再努力救人也總是有限，如果能教會更多人，那得救的人則是無限的。

在救人的同時，榮光醫院也能壯大，患者收獲了健康，醫生收獲了事業，趙燁的醫院也能夠發展，這是一個好計畫，所需要就是趙燁分享他的訓練方法以及時間，還有一些金錢。

既然想得到高額回報，不付出又怎麼可能呢？

網路是個好東西，無論什麼都傳得很快，趙燁在幾個招聘網站上的廣告很快就有了回應。

趙燁決定給多數人面試機會，至於沒有面試機會的人，則是太差了，連趙燁在電話中隨機問的幾個問題都不清楚。

榮光醫院不是什麼大醫院，應聘的多半是本科生，名校的也不多，研究生更是沒有，趙燁也不在乎，只要有應聘的趙燁就接待，反正心胸外科與神經外科的病人不多，而且趙燁並不是非常重視學歷，這年頭有學歷沒實力的太多了，而學歷一般的也不代表沒強人。

趙燁在榮光醫院的會議室拉了一條橫幅，上書：榮光醫院招聘會。然後找來了趙依依，畢竟她是院長，而且她經驗豐富，在某些方面能彌補趙燁的不足。

榮光醫院的招聘沒有人山人海，榮光醫院提供了二十多個職位，可應聘的卻只有一百多人。

很多投了簡歷的人沒來，趙燁皺了皺眉頭看了看趙依依，招聘會還沒開始，這位美女院長的心思則用在了別處，此刻她正在聚精會神地看著手中的企業管理書。

看著抓緊一切時間看書的趙依依，趙燁只能苦笑。趙依依看得非常投入，抽出一切時間學習，在她眼中，榮光醫院目前問題多多，作爲醫生，她要治病救人，作爲院長，她則要管理好醫院。

在應聘的畢業生中尋找人才不容易，這群走過多場招聘會的準醫生們，都有一套對付考官的方法。

當然趙燁也不是傻子，他對大學生還是很瞭解的，他的問題自然也與那些考官不一樣，屬於天馬行空，完全是讓你摸不著邊際。

「你魔獸世界的帳號多少級了？」趙燁問。

「剛剛滿級……」應聘者奇怪趙燁爲何知道他玩魔獸世界，殊不知這只是趙燁隨便的一問，於是老老實實回答。

「那你對亡靈有什麼看法。」

「亡靈模型太差勁，跟人類不符，另外亡靈的活動有問題，就算變成亡靈肌肉也不應該改變，正常的肌肉應該……」應聘者滔滔不絕地說著自己的看法，將人類正常的解剖完全應用到了遊戲上。

「行了，你通過了，試用期一個月！」

聽了趙燁的話，應聘者如夢方醒，自己竟然通過了，他喜歡玩遊戲，可他沒想到這也能讓他通過面試。

他一直覺得自己很難找到工作，因爲他太普通了，喜歡玩遊戲的他從來沒拿到過獎學金，可是他玩得又不瘋，考試總是能過，學習也還算認真。

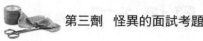

應聘了幾個單位都沒有人要，原本榮光醫院他都打算放棄了，可沒想到竟然通過了。出了門他高興地離開了。下一個應聘者卻沒這麼好運，趙燁的問題依舊很奇怪，他指著一位年邁的清潔工說道：「現在他是患者，你是醫生，給你五分鐘時間接待這位患者，並做出處理。」

應聘醫生先是一愣，隨即開始手忙腳亂地問診、檢查等等。趙燁看得直搖頭，趙依依更是歎了口氣直接問道：「你沒實習過嗎？」

「實習了，可是我爲了考研，實習的時候多半都跑了……」應聘者實話實說道。

「你學醫是爲了什麼？實習竟然都逃掉了，考上了研究生又爲了什麼？」趙燁搖頭道：「你回去等通知吧！」

很委婉的拒絕，人人都聽得出來，應聘者轉身漠然地離開了，其實趙燁很想給他一個機會，可是給他機會就是對其他人不公平。

整個招聘會持續了一個下午，趙燁跟趙依依兩個人一直都在忙，想盡了各種辦法來考驗這群應聘的醫生們。

一直到招聘會結束，趙依依還意猶未盡地感歎道：「這群人都一般，需要好好培養一下。」

「沒錯，我決定把他們分配下去，按需分配，讓那群醫生好好帶一帶他們。」趙燁高興道。

今天的招聘會解決了很大問題，雖然他們不能立刻上班，可是他們也都經過了一年的實習醫生生涯，在榮光醫院上班可以幫很多忙。

「不是我潑冷水，你想得太簡單了，那群外科醫生不一定肯教這群年輕人，畢竟都是靠技術吃飯的，另外還有個問題就是，咱們醫院外科實力強，內科卻太薄弱了，多半是一些性病專家……」

趙燁這才想到自己確實過於樂觀了，榮光醫院現在的外科實力很是不錯，原來這醫院就是重視外科，此時有趙燁趙依依兩個外科專家加盟，實力是更上一層樓。

內科一直都是弱項，上次又有一群人辭職，內科的實力太薄弱了。內科不僅僅需要補充新人，更需要招收有經驗的醫生，最好是找一位學科帶頭人。

「行了，你別擔心了，這事以後再說，我餓了，咱們是去外面吃飯呢？還是回家吃？」

「隨便了，姐姐拿主意吧！」

趙依依嫣然一笑，拉著趙燁說：「出去吃飯吧，我知道一家餐廳環境非常好，咱們走吧。」

趙依依的生活很是精緻，她喜歡享受生活，也拚命工作。在她看來，努力工作獲取高額報酬是爲了更好的生活，並且努力工作本身也是對生活的一種享受，這便是她的生活態度。

沿江市的人們生活富足，下班了都喜歡開車去享受生活。趙燁很少出去玩，前段時間一直住在醫院，最近才搬到趙依依那兒。

兩人來到一家西餐廳，沿江市頂尖的餐廳，奢華、典雅。

趙燁以前只在電視劇裏看到過這樣的地方，來這裏吃飯卻是第一次。

餐廳裏人很多，卻很安靜，大家都靜靜地吃飯，低聲細語，絲毫不會影響其他人。

趙依依跟趙燁兩個人坐在一個不起眼的角落。

趙燁並不喜歡吃西餐，雖然這東西號稱美味，可是比起傳統的中國美食，趙燁並不是很感興趣。

「姐姐，這東西味道真一般。」趙燁撇嘴道。

「一般？這家店不錯哦！西餐營養搭配得也很好。」趙依依切了一小塊牛肉，放在嘴裏說道。

「營養？」

「沒錯啊！其實咱們中國人吃東西有點問題，搭配不太合理，許多東西從來都不吃。你看這裏，肉、蔬菜的種類繁多，各種維生素和營養都不缺。你看看這飯店的人就知道他多受歡迎，如果咱們醫院有這麼多病人就好了！」趙依依始終是院長，無論是否在工作，她都心繫醫院。

「其實也挺簡單的，咱們也開個飯店呀，他們賣西餐，咱們就賣藥膳。中醫的東西我也知道不少哦。」趙燁不在乎地說道。

「這個主意不錯，這東西能不能賺錢呢？」趙依依做思考狀。

趙燁其實就是那麼一說，並沒有認真考慮，可趙依依卻不這麼想。

最近醫院病人不多，讓她很是著急，雖然趙燁不在乎錢，可是看著每個月營運報表上的赤字，的確讓人難以接受。

「不如咱們開個飯店吧！專門賣藥膳，咱們醫院最近虧得好多啊！」趙依依說道。

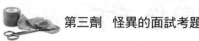

「虧就虧吧，做其他的行業容易分神。現在咱們醫院都沒做好呢，剛剛招聘的這群人，技術都不到位，還是想想怎麼把他們帶起來，還有就是咱們內科實力太薄弱。」

趙依依點了點頭，趙燁說得沒錯，醫院雖然虧，其實虧得也不多，還是能堅持的，如果再搞副業就算賺錢也太辛苦了，而且他們的目標也不是賺多少錢，只是想經營好醫院而已。

「不行就去挖牆腳，弄幾個內科醫生吧！對了，要不我們弄幾個中醫來坐診！」趙依依拍手道。

「中醫？不錯的想法！」趙燁放下刀叉，被趙依依的提議吸引了。

趙依依繼續說道：「我們的內科完全可以變成中醫院，以內科治療爲主，現代中醫在內科治療還是很有優勢的！」

「說得不錯，咱們醫院外科的特色就用心胸外科與神經外科，內科特色則是中醫！」

「可是知名老中醫去哪裏找呢？」趙依依犯難道。

「慢慢去找麼……總是能找到的，好了，吃飯吧，總要給自己留點時間休息，留點時間玩嘛。」

趙依依點了點頭，繼續吃飯，突然又放下刀叉，對趙燁說道：「我想起來了，沿江市有個中醫挺不錯的，咱們去把那個醫生弄過來就好了！」

第四劑

病毒性心肌炎
中醫療法

趙燁二話不說，直接走到病人面前，簡單地檢查過後，淡淡地說道：「這幾個藥停了吧，現在用丹參注射液，還有這幾個……」

周圍的專家聽到趙燁報出的藥物名字時，不由得眉頭一緊，這完全是中醫的東西啊。

「中醫也懂心臟？」人群中不知道誰突然說道。

「愚昧！」

趙燁只說了兩個字，可這意思誰都懂，在場的都是專業人士，什麼中醫西醫的爭論多半是媒體才討論的，醫生們都明白，治病救人可不分中醫西醫。

中醫作為祖國的傳統醫學，傳承了五千多年，然而在近代卻漸漸的沒落了，當然沒落的原因有很多。

先是西方醫學的衝擊，很多人覺得這是最主要的原因，傳統醫學曾經在國內是主流，可是隨著更加進步的西方醫學，特別是外科的衝擊，讓中醫失去了大部分的患者。

其實這並不一定是主要的原因，好東西是不怕競爭的。

真正讓中醫沒落的，是戰亂以及中醫的局限性。

戰亂，再加上中醫獨特的傳承方式，讓許多東西都失傳了，所以中醫們一代不如一代。

其次才是西方醫學的衝擊，現代醫學比起傳統的中醫，優勢很多，例如外科治療。

然而好的東西是沒法埋沒的，中醫競爭不過西醫，還是在傳承方面有問題，其次就是現在的藥材太差了。

原本中藥都是山裏產的，現在的中藥卻是種植的。

老中醫講究道地藥材，也就是說同樣的藥材，即使長在不同地方，藥效也是不同的。

如果是以前，或許藥材還夠，可現在，山裏連個野豬都是放生的，還有什麼藥材！

中醫就是這樣，不是失傳了，就是絕跡了。

趙燁手中有著江家三代御醫，以及眾多名醫的珍貴資料，江海死後這些東西都留給了趙燁。

趙燁雖然一直都沒有動這些東西，可是他從來都沒有忘記這些珍貴的資料，即使在工作中，他也是每天都在學習。

當然現在他的工作內容是外科，跟中醫似乎不沾邊，可趙燁從來都沒有放棄過中醫的學習。趙燁知道，那博大精深的中醫早晚有一天會用上的。

在趙依依跟他大談計畫的時候，趙燁就深有感觸，榮光醫院以後的發展，完全可以向著中醫的方向發展。

趙燁當然贊成邀請中醫來醫院坐診，況且還是名老中醫，要請老中醫的事情，就交給了趙依依。

時光飛逝，從上次招聘會過後差不多一個星期了，那批新來的人也大多適應了榮光醫院。

一群剛畢業的學生，比起那群老醫生有活力得多，穿著白大褂在醫院裏到處晃悠，讓死氣沉沉的醫院多了很多人氣。

這天臨近中午，醫生們都早早下班了，諾大的辦公室只剩下趙燁一個人，兩個男子面色陰冷地走進辦公室。

他們進來連門都不敲，直接走到趙燁身邊，看了看他的胸牌，然後說道：「你就是趙燁醫生吧。」

「嗯，沒錯！你們有什麼事嗎？」趙燁頭也不抬，繼續低頭寫自己的東西，兩人長舒了一口氣說道：「終於找到你了，我們是請你去會診的，車在樓下，請您跟我們走吧。」

「會診？怎麼找到我了？」趙燁站起來疑惑道。

「您的大名誰不知道啊，快走吧，病情不等人。」兩人催促道。

趙燁脫下白大褂，跟他們一起下樓，趙燁從來沒想過自己有什麼大名，更沒想過有人會請他去會診。

快走到樓下的時候，趙燁碰到了跟著他學習的醫生，曲琳。

這醫生也是新來的，招聘來以後她選擇了心胸外科，於是就跟著趙燁學習。

她剛剛去食堂買了速食，準備回去跟趙燁一起吃飯，見到趙燁準備離開，趕忙將速食扔到一邊，「師父，你去哪啊？」

「會診去！」

「你太狡猾了，會診怎麼也不帶我啊！我跟你一起去。」

也二十多歲的人了，可這位新來的跟著趙燁學習的醫生，卻總是把自己當小孩。

兩位邀請趙燁的人以爲這女醫生是趙燁的女朋友。

也不怪他們誤會，曲琳跟趙燁年齡相仿，人長得又挺漂亮，跟趙燁說話總是一副很依賴的模樣。

趙燁心想帶著她也好，學習嘛，會診的時候每個醫生都要發表意見，這可是學習的大好機會。

於是三個人變成了四人行。

在車上，曲琳還在跟趙燁問東問西，這個剛剛從學校走出來的女孩，絲毫不覺得趙燁當她老師有什麼不妥，儘管趙燁年齡跟她相仿。

其實曲琳畢業名校，只是喜歡心胸外科，可女醫生在心胸外科很難立足，因爲男女身體素質上的差異，許多外科都不喜歡要女孩子。

趙燁可沒那麼多忌諱，只要你肯學，我就肯教，所以趙燁並不覺得帶著一個女醫生有什麼問題。

車開得很快，沒一會兒工夫就到了目的地，趙燁驚異地發現他們來的是沿江市第一人民醫院。

這醫院算是沿江市最好的醫院了，趙燁猜不透怎麼會讓他來會診，既來之則安之，來這裏趙燁也沒有什麼擔心的，走一步算一步了。

病房裏，醫生進進出出手忙腳亂的，床頭的心電監護儀滴滴答答地響著，患者是個四十多歲的中年人，穿著睡衣躺在病床上，他身邊圍了一堆醫生。

這群人趙燁都不認識，可他看得出來，這群醫生不全屬於人民醫院。

既然人家能把趙燁弄過來會診，自然也可以讓其他專家來會診。

會診的醫生多半都是四十左右的主任醫生，趙燁這樣年輕的人只有他自己，沒人當他是醫生，更沒有人覺得他是來會診的。

「師父，我去找病例！」

專家圍成了個圈，趙燁根本看不到病人，於是曲琳想到了病例。

趙燁沒等開口阻止，一位護士就不屑地看了師徒二人一眼，道：「你們兩個是哪裏來的？實習醫生還是進修醫生？現在是專家會診，趕緊出去。」

語氣很不耐煩，這護士從一開始就憋著一股氣，沿江市幾個醫院互不相讓，每家都將自己當成市裏最好的醫院。

可是現在卻找來如此多的專家會診，讓人覺得患者對第一人民醫院不信任，可她不敢說別人，只能拿趙燁這樣沒權沒勢的人撒氣。

事實上，少數護士是醫院裏最勢利眼的人，拿實習醫生撒氣，瞧不起窮病人的事情做了不少。

兩位帶著趙燁來的人臉色一變，不快道：「這是我們請來的趙醫生，你給我去找件白大褂來，找完衣服你就不用回來了！」

話語一出，人人都看向趙燁，誰都不知道這個年輕的醫生怎麼如此被人看重。趙燁其實也是受寵若驚，當然高規格的待遇也要有高超的本事。

趙燁二話不說，直接走到病人面前，簡單地檢查過後，淡淡地說道：「這幾個藥停了吧，現在用丹參注射液，還有這幾個……」

周圍的專家聽到趙燁報出的藥物名字時，不由得眉頭一緊，這完全是中醫的東西啊。

「中醫也懂心臟？」人群中不知道誰突然說道。

「愚昧！」

趙燁只說了兩個字，可這意思誰都懂，在場的都是專業人士，什麼中醫西醫的爭論多半是媒體才討論的，醫生們都明白治病救人可不分中醫西醫，這年頭厲害人多了，中醫早就超越了傳統，西醫更是在努力研究中醫，現在的醫學叫做臨床醫學，如此鄙視中醫根本就是個笑話。

趙燁有些狂妄的話語，讓許多人臉上掛不住了，畢竟他只是個二十出頭的年輕人，而在場的多半是成名已久的專家，被一個年輕醫生如此拂了臉面，當然不高興。

然而趙燁狂妄當然有他的資本，他早就想好了，人家如此給他面子請他過來，如果不露手，恐怕不好交代。

「檢查做得不夠，我懷疑他是病毒性心肌炎，去做個心肌活檢吧！」趙燁此刻穿上了護士送過來的白大褂，翻看著曲琳送過來的病例說道。

心肌炎已成爲常見的心臟病之一，診斷比較困難，故病理診斷，也就是組織活檢成爲最重要的檢查，趙燁有百分之百的把握確定這患者是心肌類。

然而就是有人不信邪，對趙燁的診斷提出了質疑，「他的症狀根本不符合診斷標準。」

趙燁不耐煩地從病歷中抽出心電圖的單子，指著I導連與IV導連說道：「看清楚了這兩個R波爲主的導聯，T波平坦，並且降低了大約十分之一，另外他還有室性早搏，根據美國心臟協會最新的研究，有這兩項完全可以確診。」

眾位醫生將心電圖捧在手裏看了半天才發現，的確有改變。可是他們還是有些不敢相信，有人再次質疑道：「你這標準我怎麼沒聽說過啊，什麼時候有的？」

趙燁笑了笑說道：「你們不知道也很正常，那論文是我前幾天寫的，剛剛郵寄到美國的《自然科學》雜誌。這標準很快就會公佈，只是他們先通知了我，傳到國內還要一段時間吧！」

趙燁淡淡的話語傳到眾人耳朵中卻如重磅炸彈一般，這是什麼概念啊，似乎在美國發表個文章很正常一般。

捫心自問，如果是他們發表了論文，恐怕早就召集當地的媒體大書特書了。

曲琳看到這群老醫生們驚訝的表情，心中的高興溢於言表，心想，這也就是個心肌炎，不需要開刀，如果真要開刀手術，恐怕你們更要大跌眼鏡，下巴碎一地。

論文發表在趙燁看起來很正常，比起那發表在自然科學雜誌的第一篇文章，這心肌炎的診斷其實很簡單。

第一篇文章是研究病毒攻克癌症，讓這個全世界最頂尖的權威期刊震驚。

所以當他們看到了趙燁的第二篇文章時，當然是優先審核了！

其實在最為公正的美國也是存在不公平的，如果趙燁先發表心肌炎文章，恐怕會石沉大

海，

眼前這群人與趙燁水準差得太遠，此刻眾位沿江市的專家才發現，這個名不見經傳的年輕醫生如此之強，即使用大才來形容也不爲過。

小小榮光醫院，竟然臥虎藏龍。

趙燁的小跟班曲琳此刻洋洋得意，雙手叉著小蠻腰，看著這些所謂的專家們。她此刻非常期望能有一台手術，那樣趙燁的名聲將會更加響亮。

這裏是第一人民醫院，趙燁知道自己喧賓奪主了，可是爲了救人也沒有辦法。

人家高規格請你過來，如果什麼都不是，丟人的還是自己。

此刻診斷明確，自然要下手治療了，疾病是趙燁診斷出來的，治療當然也要他來出手。

會診的事情雖然有些奇怪，但趙燁治好了病人，就慢慢把這件事情淡忘了。

趙燁依然是醫院裏最清閒的人。

這天正在辦公室閑得看書時，被院長趙依依抓了壯丁，奉命陪趙依依堂而皇之地去挖牆腳。

蘇醫生很惱火，如果是在醫院裏借助儀器他完全可以診斷眼前的病人，可現在設備缺乏，小診所裏又能有什麼設備呢？

此刻他只能憑藉雙手和聽診器來診斷病情，可是即使拚盡全力，這簡陋的方法依然不能讓他確定病情，可是他卻不願意承認，特別是在趙依依這個外人面前。

他不是第一次見趙依依，這個漂亮得有些妖豔的女院長來過兩次，兩次都被蘇醫生拒之門外。

原因無他，他不喜歡榮光醫院。

自視甚高的他根本瞧不起榮光這個私立的小醫院，雖然蘇醫生已不再是沿江市中心醫院那個知名的主任醫生，然而他始終覺得自己不過是犯了一個錯誤，就算是混跡在小診所，也不去榮光。

在小診所起碼還能當個隱士高人，榮光醫院？那私立醫院名聲極差，看看廣告就知道，什麼三分鐘解決意外煩惱，讓男人雄風再現。

蘇醫生丟不起那人，他寧可不拿工資也要自己的名聲。

他瞥了瞥趙依依跟趙燁，低聲說道：「你們也知道疑難雜症？我這疑難雜症可不是你們那種不孕不育，該去哪就去哪吧，別在我這裏費心思了。」

趙燁本來就是陪著趙依依來看看，根本沒想到會這樣，可眼前這醫生說話極難聽。

打人不打臉，榮光醫院以前的確不怎麼樣，可現在換了院長以後已經脫胎換骨，趙燁一直把榮光醫院當成自己的家，立志把榮光建設成爲最好的醫院，如今卻被人說得如此不堪，他當然不高興。

「蘇醫生是吧，你似乎很看不起榮光，更看不起我們醫院的醫生。我們以前的確是治療不孕不育，男科、婦科疾病的。可是你似乎連這些都做不到吧，疑難雜症？你連最普通的病就當成疑難雜症，有什麼資格說我們。」趙燁冷冷地說道。

蘇醫生一向自視甚高，從來沒人敢如此說他，此刻他怒火攻心，伸手指著趙燁的鼻子，想將他趕出去。

趙燁卻根本沒理他，不等他說話，直接對蘇醫生面前的患者說道：「這病人的病情很簡單，你還在這裏想什麼？你去聽他心臟三尖瓣區域，偏右一點，仔細聽，有收縮期雜音，但是他脈象問題不大，你再看看他的舌……」

趙燁一連串說了許多，蘇醫生面色一陣青，一陣紅。

他覺得趙燁說得似乎很有道理，可又不好當面照做，如果他做了，那麼他就是認輸了。

患者不知道應該相信誰，本來他是衝著蘇醫生的名氣來的，可眼前突然冒出來個趙燁。

本來他是不相信趙燁的，可是蘇醫生號脈號了許久，都沒給出答案，而趙燁這個年輕人卻一下子就給出了許多建議。

「您也是醫生？」患者開始傾向於趙燁，試探著問道。

「沒錯，我是榮光醫院的，今年剛剛加入榮光醫院。」

趙燁說完又微笑著對蘇醫生說道：「蘇醫生，檢查病人吧，這疑難雜症對你來說很簡單吧！」

蘇醫生面皮抽動了一下，然後他開始低頭給患者做檢查，當然方法是按照趙燁說的。

「你是做什麼工作的？身體不錯嘛？」趙燁微笑著跟患者搭訕道。

患者先是遲疑了一下，然後緩緩地說道：「我就是個工人，平時體力活幹多了，所以強壯點！」

蘇醫生水準並不差，只是比起趙燁那經過特殊訓練的診斷能力來說，還是差了一截。當然他也有自己的優勢，畢竟他行醫的經驗在那擺著，他見過許多趙燁沒見過的病例，對於某些病情也有著自己的心得。

聽診器剛剛觸及到患者胸壁的時候，蘇醫生就知道趙燁是對的，此刻他眉頭緊皺，對患者說道：「我看你不是普通工人吧，你是運動員吧？」

患者一愣，結結巴巴地說道：「我……我是運動員，可是我也有工作啊。」

蘇醫生很是惱怒，可是又沒有辦法，患者不說出自己的職業，這是對病情的隱瞞。

「你不說實話，我怎麼給你治病？」蘇醫生怒道。

「治病跟我的職業有什麼關係？」患者反駁道。

其實很多醫生都碰到過這樣的情況，在詢問病人職業的時候隱瞞，因爲他們覺得自己的病跟職業沒有關係。

其實很多病跟職業的確有很大的關係，只是他們自己不知道罷了。並且許多患者覺得，醫生問職業就是在考慮開藥，收費。

如果是有錢人，肯定要砸一筆，如果是窮人也會儘量放血，所以病人總是說謊，多數時候說謊也沒有關係，可是有時這謊言都會誤導診斷。

「當然有關係，你的病就是做運動員得的，我沒猜錯的話，你從事的運動應該很激烈。」趙燁微笑道。

「我是游泳運動員，運動只會讓我更強壯，怎麼可能有損傷？再說了損傷也是外傷，骨折、扭傷、韌帶撕裂什麼的，怎麼會有心臟病？」患者疑惑道。

趙燁雙手抱在胸前，淡淡地說道：「你們只注意到外表的損傷，一般人不知道，除了急性損傷威脅著運動員，還有常常被忽視的隱性傷病。這類傷病通常不容易被發現，卻陪伴著運動員的一生。病發時，同樣能使人無法正常訓練和比賽，嚴重的可能危及生命。你這損傷就屬於隱性損傷，平時訓練量太大，不規範引起的。主要的原因就是超負荷運動引起的心傷。你現在只是感覺氣促、有時候會不舒服，多虧了你來看醫生，否則這樣下去就有可能猝死。」

趙燁的一番話讓患者心驚膽戰，頭上冒出細細的汗珠。

「其實你也不用擔心，蘇醫生會幫你的。」

趙燁不是來出風頭的，他沒忘記此行的目的，趙依依說過，他們這次來只是要告訴這位蘇醫生，榮光醫院臥虎藏龍，不再是那個不起眼的專科醫院，所以趙燁還是給了蘇醫生一個面子，讓他有個台階下。

蘇醫生人老成精，不會不知道趙燁的意思，趙燁的年輕以及學識讓他驚歎，如果在其他行業年輕有才，或許還很正常，可是在醫學這行卻堪稱奇蹟，醫學是一門需要時間積累的科學，很多東西不是學會了就可以的。

經驗在醫學裏是很重要，很多疾病沒碰到過，永遠不知道如何診斷治療。

可趙燁卻打破了這個常規，蘇醫生對趙燁是如何做到的很是驚奇，榮光醫院怎麼會有這樣的人物。

診所裏多半患者都看到了趙燁的神奇，明眼人都知道趙燁絕對不是一般的醫生，因此許多人來找趙燁看病，可是趙燁都推脫了，他不可能在這裏搶人家的生意，只得謙虛地告訴他們，蘇醫生水準很高，馬上會解決他們的問題。

趙燁能這麼做，蘇醫生顯得很高興，他有心讓趙燁見識自己的能力，看病看得飛快，許多疾病他只需看一眼，立刻就能做出正確的診斷。

這就是經驗，幾十年來積累的經驗，許多疾病對他來說都熟悉得不得了，這一點趙燁是比不上的，畢竟他才二十多歲，比起老醫生差距太大了。

病人越來越少，一個個滿面笑容買了藥物回家了，在這段時間裏，趙燁跟趙依依一直等在一邊。

長時間的等待顯示出足夠的誠意，趙依依不是第一次來這裏了，前兩次來，這位自視甚高的蘇醫生甚至都沒見她。

這次蘇醫生不好意思了，等病人都離開了以後，將兩個人請到了診所後面，三個人坐下來詳談。

趙依依似乎因爲等待而變得有些焦急，直接開門見山地說道：「我們這次的來意就是想請蘇醫生出山，您這樣的人才待在這小診所實在太浪費了，我們榮光醫院真誠地邀請您。」

蘇醫生品了一口香茗，淡淡地說道：「趙院長，我在這診所裏也挺好的，真沒打算換工作，我每天喝喝茶，看看報，工作上也輕鬆，為什麼要去榮光呢？我年齡也大了，也沒有那雄心壯志了。」

「蘇醫生，你年齡可不大，對於一個醫生來說，你正值最佳時期，五十歲的醫生太多了，真正集大成的名醫多半都是七十歲左右了，所以對於註定成為名醫的您來說，路還長著呢。這診所是不錯，可是對於您來說卻太小了。您需要更廣闊的天空，這裏滿足不了你。」

趙依依覺得趙燁好像變了一個人，他每一個字都深深打動了那蘇醫生，蘇醫生什麼都不缺，如果硬要找出什麼能打動他的，也就只有名望了。

他是因為醫療事故離開了醫院，他極度渴望抹去那污點，再被人們承認。

「蘇醫生您可以慢慢考慮，如果來榮光，我會給你年薪五十萬，職位是副院長，統領內科，並且在內科擔任專家主任醫師。希望您能考慮一下，我們改日再來拜訪。」趙依依趁熱打鐵，說完便拉著趙燁離開了。

她知道，蘇醫生絕對不會拒絕這麼豐厚的條件，回去以後就開始準備迎接這位內科的副院長。

招聘醫生不難，可是找一位好醫生卻不容易，蘇醫生雖然是因爲醫療事故被開除的，可是榮光醫院還是招收了他，高薪水、高職位，趙依依給的待遇很是優厚。

蘇醫生是沿江市幾十年的老醫生，除去那醫療事故不說，他在整個城市算是一等一的名醫。

趙依依一直覺得人應該有改過自新，重來一次的機會，不能一棒子打死。再說，醫療事故並不完全是蘇醫生的責任，當時趙依依打聽得很清楚，那屬於無心之過，運氣不好而已。

趙依依更加相信的是他行醫幾十年留下的好名聲，而不是那一次偶然事故。榮光醫院內科醫生水準參差不齊，相互有各自擅長的領域，沒有什麼人能夠服眾，醫院裏內科、外科一樣重要，在榮光改革了外科以後，內科當然也是要改革，只是內科缺乏一個強有力的領導人物，蘇醫生無疑是最好的選擇。

雖然他有過污點，但是他的醫術在沿江市都是有名的，在榮光醫院當一個主任不成問題，並且他醫德不錯，名聲很好，患者都喜歡他。沿江市的老居民大多都認識這位老醫生，他來當主任，也沒有人有異議。

在趙依依給出了條件以後，第二天就接到了蘇醫生的電話，他願意來榮光醫院，並且接受所有的條件。

內科副院長的到來，在內科算是大事，可對外科來說卻算不上什麼，可外科醫生們卻嗅到了改革的味道。

內科的領頭人已經選出來了，那外科自然也少不了。

主任這個職務對醫生來說是一種追求，就像當官的想要成爲一把手，運動員想要當冠軍一樣。

每個人都在偷偷地努力，努力將手術做得盡善盡美，診斷治療無不拚盡全力。

榮光醫院的患者們突然發現，這裏的醫生們服務態度變得非常好，真的把患者當成了上帝。

有幾個患者甚至在沿江市當地的社區論壇上發表了帖子讚揚榮光醫院，當然很多人把這帖子當成了槍手帖，畢竟這醫院以前的名聲太差了，甚至在網路上還爲此進行了一場口水大戰。

不管怎麼樣，榮光醫院再一次進入了民眾的視野。

好也罷，壞也罷，有時候炒作就是這麼神奇，不管怎麼樣，這幾天榮光接診的病人多了起來。

患者多了，醫生們也高興，因爲他們有機會大展身手，大家都努力地表現著自己，爲了成爲主任爭取砝碼。

外科醫生裏或許只有趙燁依舊悠閒自在的，沒事寫寫東西。他手術不多，畢竟榮光醫院還沒達到讓市民信任到來這裏做心臟或開顱手術的地步。

趙燁不急，曲琳這個小跟班可開始著急了，人人都在爭取主任，自己的小老師竟然絲毫不在意。

曲琳眨著漂亮的大眼睛，一臉天真地看著正在學習的趙燁，柔聲道：「師父啊！你怎麼總是不著急呢？你看大家都忙手術去了，您這麼厲害，什麼時候去手術啊？」

「嗯，等有病人再說。」趙燁頭也不抬地繼續看他的書。

「師父你別看書了，這書有什麼好看的啊？」曲琳搖晃著趙燁的胳膊說道。

「是沒什麼好看的，你拿去看吧，這裏有幾個手術方法對你來說應該挺有幫助的，學習一下，等有手術的時候，可以實踐一下。」

趙燁的話讓曲琳非常高興，心臟手術，外科頂尖的手術一般年輕的醫生都只能做助手。曲琳這樣本科剛剛畢業的，最少要當助手觀摩兩年才有機會動手，可趙燁卻不遵循常規，直接允許她上台。

對於曲琳來說這是莫大的鼓勵，她趕緊抓起趙燁面前的書，這書不厚，她心底一陣竊喜，可很快地，她心情又跌落到了谷底。

「師父，這是什麼東西啊，都是英文，我怎麼看得懂？」曲琳噘嘴道。

趙燁白了她一眼說道：「這是《柳葉刀》，最好的外科雜誌之一，你慢慢翻譯吧，誰讓近代醫學是人家西方人發明的，所以咱們漢語裏稱近代醫學為西醫。」

「咱們學英語不就是為了能更好地跟人交流嗎，等有一天，咱們把他們的東西都學會了，咱們主導醫學了，咱們也發表文章，全部都用中文寫，還是文言文！」

「不行，咱們得用火星文，考死他們！」曲琳笑道。

「行了，別貧嘴了，快去學習吧，這文章你自己翻譯吧！」

「師父你不是都看過了嗎，你給我翻譯吧！」曲琳說著，拖了一條凳子坐到趙燁身邊。

「不行，我也是本科生，我英語連四級都沒過，我都能看懂，你自己翻譯去，看多了就好了。」

趙燁說的是實話，他在大學裏最討厭的就是英語，總是不過關。

不過長天大學對於英語沒有硬性要求，只要你能順利畢業就行。

因此原本就覺得英語沒有用的趙燁放棄了英語，可後來他才發現，英語有時候還是很有用的，就是在寫論文的時候必須用英文，趙燁也是聰明人，根據資料以及易盛藥業研究員的指導，他寫出了論文。

從那以後他開始認真學習英語，當然，主要是因爲他要看外國期刊。

作爲醫生，學習是一輩子的事情，除非不幹醫生了，否則必須每天都要學習。

看著曲琳不高興的樣子，趙燁只是笑了笑，這個跟自己年齡相近的徒弟總是跟小孩子一樣，喜歡胡鬧，有時候還有點小脾氣，可卻純潔得如同一張白紙，這樣的醫生，雖然醫術一般，貴在善良。

醫術可以慢慢培養，只要慢慢帶她，總有一天，她會成爲萬眾矚目的頂尖醫生。

第五劑

送上門的大蛋糕

全身檢查費用不菲，這塊大蛋糕可是人人眼紅，在沿江市三大醫院的實力遙遙領先的情況下，無論如何也不會輪到榮光醫院。

可黃松竟然將這蛋糕送給了榮光，即使是趙燁也沒想到竟然會得到如此大的便宜。

需要接受體檢的員工大約有一萬人，每個人的費用在兩百元左右，榮光醫院一下子可以增加兩百多萬的銷售額，至於利潤起碼有百萬。

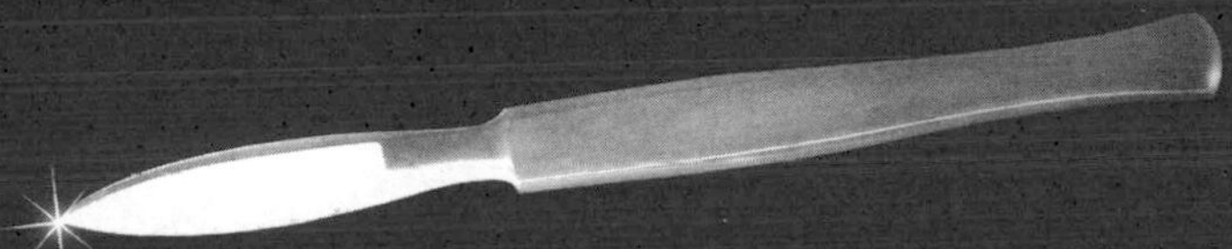

忙碌而緊張的一天過去了，趙燁準備不理會那個抱著《柳葉刀》雜誌楚楚可憐的小徒弟獨自回家。

然而剛剛走出辦公室手機就響了，趙燁想都沒想就接了電話，電話裏的聲音很陌生。

「趙燁醫生嗎？」

「你是？」

「我是上次你救的那位患者啊，就是那個在第一人民醫院被您救的那位。」

趙燁救的患者很多，他一直都記不住誰是誰，可這一提醒趙燁卻想起來了，這患者就是上次派兩個人來接他那位。

「您已經好了啊！恭喜你，請問有什麼事情麼？」

「也沒什麼大事情，就是想感謝你一下，今天我出院了。」

患者感謝醫生，似乎是很正常的事情，可趙燁卻不這樣覺得，看病救人是天經地義的事情，他沒想要什麼回報。

對方聽趙燁似乎並不熱衷，於是繼續說道：「趙燁醫生，您一定要來，我身體還沒恢復，所以不能去接您了，只能派人去接您，您應該還在醫院吧？」

趙燁沒法推脫，只能答應下來，沒一會兒，上次那兩個人又來了，上次趙燁是急著去救人，沒有注意看這兩位。

今天卻看出這兩個來接他的傢伙都不是普通人，行事作風都是一副軍人派頭，同時又彬彬有禮，好像名家子弟。

這次兩人是開著一輛奧迪A4L來的，比上次的車好得多，一路上兩人也沒說什麼，弄得趙燁都不知道自己救的是什麼人，受到什麼人的邀請。

汽車停在一個大酒店下面，這酒店是沿江市最豪華的酒店。

上了樓，很快就見到了上次那位病人，現在他氣色好了很多，此刻正在埋頭工作，看到趙燁，趕緊放下手中的活，與趙燁握手道：「我叫黃松，多謝趙燁醫生上次的救命之恩，真是不好意思沒親自去接您。身體不允許，工作又太忙，上次病了留下了太多的工作。哈哈！」

其實這都是客氣話，醫生再厲害，也是醫生，沒什麼高貴的。而這黃松擁有五星級大酒店，怎麼說都是個億萬富翁，感謝可能是真的，卻不至於親自去接趙燁。

「您太客氣了，看來您氣色不錯，恢復得很好。」

「還是您醫術高明，我準備了酒席，今天就是爲了感謝您而擺的酒席。」黃松很是熱情，他這樣一個成名已久的人物，對趙燁這樣一個小醫生如此客氣，已經算是很難得了。

趙燁當然不會覺得自己有多大的功勞，他賺的是工資，不是感謝，這位黃總的感謝趙燁只是當做額外的饋贈而已，並不強求。

黃松邀請的人不多，都是一些家人，這些人顯然不如黃松那麼熱情，然而卻也對趙燁笑顏相迎。

趙燁一直覺得感謝只是個形式而已，他不求更多，可當黃松舉起酒杯敬酒的時候，趙燁才知道，黃松的確是非常感激他，不僅是口頭上，還有物質上的。

「趙燁醫生，你這次救了我的命，感謝的話說多少都是沒有用的，我敬你一杯，聊表心意。另外我還要麻煩您一件事，我公司下面有兩家酒店，還有幾個小工廠，許多工人都要做體檢，還需要您幫忙，我打算在您的榮光醫院完成體檢工作，這個沒問題吧。」

黃松一直微笑著，趙燁的心卻動了一下，幫忙？這明顯是一份大禮，他的公司算起來起碼有上萬個員工。

全身檢查費用不菲，這塊大蛋糕可是人人眼紅，在沿江市三大醫院的實力遙遙領先的情況下，無論如何也不會輪到榮光醫院。

可黃松竟然將這蛋糕送給了榮光，即使是趙燁也沒想到竟然會得到如此大的便宜。

需要接受體檢的員工大約有一萬人，每個人的費用在兩百元左右，榮光醫院一下子可以增加兩百多萬的銷售額，至於利潤起碼有百萬。

醫院的利潤其實很大，當然前提是病人多的情況下，因爲醫院的投資總額是不變的，例如一台CT，不管每天爲多少個病人做檢查，就是那麼多費用，因爲CT機不存在什麼損耗問題。

一台先進的儀器，無論怎麼使用，三年左右都是要淘汰的，因爲更新的儀器出現了。如果醫院不購買新儀器，那麼患者就會覺得你這儀器不行，醫院沒實力。

趙燁舉起酒杯，感激地敬了黃松一杯酒，他很少有這樣感謝一個人的時候。當然趙燁看重的不是那超額的利潤，他看中的是這次體檢的意義。

黃家在沿江市算是頂尖的富豪，他的號召力自然不用說，旗下工廠的人員如果都在榮光醫院體檢，無疑是最好的廣告。

整個沿江市的市民都會覺得，榮光是一個好醫院。眼前是一萬個人，而後續到底會爲榮光帶來多少，誰都無法估量。

黃松將紅酒一飲而盡，淡淡地對趙燁說道：「另外我還有個不情之請，希望趙燁醫生能成爲我的私人醫生。畢竟我年紀大了，身體不如從前那麼好了，說不定什麼時候還會出現問題。」

趙燁當然不會推脫，私人醫生他完全可以勝任，就算是對黃松的禮物的回報，趙燁也應該答應。

「沒問題，到時候黃總也一起來我們醫院做個體檢吧，瞭解一下您的身體狀況，然後給您制定最好的治療保健計畫？」

這頓飯吃得很是愉快，趙燁原本不習慣同陌生人交往，可今天卻一反常態，或許是那黃總的熱情，對他高看了一眼吧。

至於爲什麼黃松如此高看趙燁，誰都不知道，等趙燁走了以後，他的妻子有些不解地問道：「我們公司員工的體檢不都是在第一人民醫院麼？怎麼去榮光了，那小醫院不是專門治療男科病的嗎？」

黃松的妻子在公司裏擔任要職，其他親人也都是高管，典型的家族企業。他們在沿江市安穩習慣了，任何小小的變動都要仔細商討，生怕走錯了一步。

「第一人民醫院就算了吧，那破醫院差點把老子弄死，如果不是那趙燁，恐怕我今天就沒有法子在這裏吃飯了。另外你們不覺得咱們錢賺得越來越少了麼？我想投資醫療行業，先

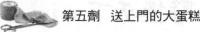

試探下榮光醫院，看看民營資本到底能走到哪裏，如果可以，我們也進入這個行業！」

黃松的一席話，讓在座的各位親屬，同時也是公司高管的人一陣心驚，他們平靜的生活已經習慣了，再去一個陌生的領域打拚，簡直不敢想像。

可董事長的話沒有人敢忤逆，在這裏，黃松就是權威，掌握著他們的生殺大權！

回到家中的趙燁還在爲爭取到萬人體檢而高興，卻不知道剛剛還與自己一同進餐的人們，正在商討著分食醫療行業這塊大蛋糕。

承接了體檢任務後的趙燁有些興奮，他回家之後沒有直接睡覺，而是秉燭夜戰，開始制定體檢計畫，體檢是一部分收入，如果體檢能查出什麼疾病，那麼這些人多半要住在榮光醫院裏。

無論經濟利益，還是這次體檢所帶來的聲望，都讓趙燁興奮。

在體檢計畫快要完成的時候，趙燁聽到了開門聲，這時他才想起來，趙依依一直都沒有回家。

隨著熟悉的腳步聲，趙燁看到一臉疲憊的趙依依，這位院長姐姐完全沒有了往日的光彩，臉色有些蒼白，剛走進屋子就將手提包丟在一旁，然後坐在沙發上大口大口地喘氣。

趙燁走到飲水機旁邊，倒了一杯熱水，坐在趙依依身邊說道：「姐姐，怎麼身體不舒服嗎？」

趙依依閉著眼睛慵懶地斜靠在沙上，緩緩地說道：「沒事，我休息一下就好了，你怎麼還沒睡覺？」

趙燁將水杯放在面前的茶几上，然後將今天的事情跟趙依依簡單地復述了一下。

當趙燁說到有近萬人的時候，趙依依明顯吃了一驚，然後睜開那佈滿血絲的眼睛說道：「這可是重大事件，咱們要好好準備一下，去幫我沖一杯咖啡吧！」

趙燁知道這位姐姐在打什麼主意，他動也不動地說道：「今天先休息吧，都這麼晚了。」

「再晚也要工作啊，咱們醫院剛剛起步，眼前這件事對咱們醫院非常重要。」

趙依依不顧趙燁的勸阻就要站起來，可她剛剛站起來，便覺得一陣眩暈，雙腿發軟，再也堅持不住了。

趙燁看她要跌倒，趕忙站起來去扶，可趙依依倒得太快，沒等趙燁站起來，她身體已經軟了下來。

還好她沒受傷，倒在了趙燁的懷裏。此刻她嬌小的身體完全在趙燁的懷抱中，她閉著眼睛，彷彿眩暈還沒有過去。

「哎，身體不行了，只是做了兩台手術就累成這樣，一會兒給我掛一瓶葡萄糖……」趙依依說。

趙燁生氣了，這都什麼時候了？累得差點暈倒還要工作。

「你瘋了？今天休息，有什麼事情明天再說！」趙燁怒道。

「不行啊，今天再堅持一天吧，挺過了這事再休息吧！」趙依依掙扎著要起來。

趙燁可不管那麼多，一隻手繞到她的後背，另一隻手繞過她的大腿，將趙依依抱了起來。

「去睡覺！」趙燁說道。

趙依依從來沒被男人如此抱過，她雙手摟著趙燁的脖子，面色緋紅，終於不再掙扎。她是一個視工作如生命的女人，爲了事業，她犧牲了許多，可女人畢竟是女人，總希望有一個強有力的男人來保護自己。

枕著趙燁寬闊的肩膀，趙依依心如鹿撞，彷彿又回到十七八歲那個年紀，客廳距離她的臥室並不遠，可這短短的距離，卻讓趙依依想了很多。

趙燁沒有在意這些，走進臥室，他溫柔地將趙依依放在床上，正待離去的時候，卻感覺趙依依搭在他脖子上的雙手突然一用力，緊接著柔軟唇、滑膩的舌頭衝擊著趙燁的靈魂。

趙燁一陣迷醉，慢慢俯下身體，他感覺到趙依依無論皮膚還是線條都堪稱完美的手，慢慢地解開了他的衣服……

激烈而瘋狂的衝擊持續到深夜，趙依依第一次睡得這麼香甜，而趙燁第一次整夜失眠。天濛濛亮的時候，趙燁輕輕地下了床，不想驚醒沉睡中的趙依依。

待他走出房間的時候，身後的趙依依卻睜開了眼睛。

她輕輕掀起被子，床單上是刺眼的一抹嫣紅，她用被子將其掩蓋，繼續閉眼假寐。

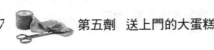

趙燁剛沖好了咖啡，就聽到趙依依慵懶的聲音道：「今天我休息一天，你來代替我的職位吧！」

「好的，你好好休息吧！」

不一會兒，趙依依就聽到關門的聲音，她知道是趙燁離開了，她在床上又躺了好一會兒才爬起來。

迷茫中她感覺全身無力，下體有些疼痛，嗔怒道：「真是不懂憐香惜玉。」再看了看嫣紅的床單，再次陷入迷茫，不知道自己做的是對是錯。

趙燁飛一般地逃離，他覺得自己錯了，卻又無法自已，有些時候事情就是這樣，自然而然地就發生了，他一直控制著自己，卻依舊偏離了軌道。

趙燁使勁甩了甩頭，試圖將一切趕走，然而這都是徒勞的，有些事情發生了就是發生了，只能順其自然。

趕往醫院的路上，趙燁想到了菁菁。

遠在異國他鄉的菁菁已經很久都沒有給他打過電話了。

發生這一切是因爲寂寞嗎？不是，趙燁能肯定這點。

到了醫院以後，一切還是如往常一樣，醫生們工作積極，許多人都是提前半個小時到醫院。

趙燁今天沒直接到辦公室，而是招呼了幾位主任醫生來院長辦公室開會，會議的內容很簡單，就是關於體檢的問題。

「趙院長今天病了不能來，我暫時代理院長的職務，現在我有些事情要宣佈。」

趙燁將體檢的事情做了簡短的說明，並且將昨夜設定好的計畫跟大家說了一遍。

榮光醫院對這次體檢做了充分的準備，人人都知道這是一次機會，對工作大家充滿了熱情。

分配完任務以後，醫生們三三兩兩地離開，趙燁突感全身無力，坐在寬大的沙發椅中，漠然地看著眼前的一切。

但這只是一瞬間，工作就是工作，不能讓生活影響了工作。

趙燁打起精神，坐在趙依依的位置上開始處理醫院的各種瑣事。

很多事情看起來簡單，實際上手卻非常困難，趙燁代替趙依依做院長只幹了一天。

然而這一天，就讓他感覺比一個月還要長，各種大小事情不斷，還是在沒有手術的情況下，趙燁很是佩服趙依依的工作能力。

身兼院長與外科主任兩個職位，都是忙得天昏地暗的工作，趙燁只代理了一天，就差點垮掉。

醫院此時還沒走上軌道，一切都在摸索中，如果不是醫生們熱情高漲，如果不是有那麼多新來的醫生，恐怕這院長會更加忙碌。

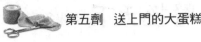

趙燁看了看牆上的掛鐘，快要到下班時間了，他終於長長地舒了一口氣，今天很慶幸沒有手術。

回家可以好好休息一下，洗個澡，看看電視……突然趙燁又猶豫起來，回去了以後如何面對趙依依呢？

想起昨天夜裏發生的一切，趙燁不知道應該如何面對，如果說他是三心二意的花心大蘿蔔，他其實也算不上，如果說他是專一的好男人也不是。

其實趙燁與趙依依一直都曖昧不清，說感覺，愛情肯定談不上，但又不能完全撇清。

趙燁一直告訴自己，自己愛的人是菁菁，誓等她回國相聚。可是隨著時間推移，趙燁越來越失落。

菁菁很少聯繫趙燁，在浪漫的歐洲，她是不是忘記了自己呢？

儘管趙燁不願意承認，可事實就是如此。如果菁菁就這樣離開，趙燁也不會說什麼，他會愛菁菁直到對方不再愛他了爲止。

當然這些不是藉口，昨夜與趙依依發生的一切是那麼自然，甚至趙燁現在都覺得，兩個人總會發生這樣的事情。

他是個男人，不可能沒有欲望，昨天雖然錯了，卻沒什麼可後悔的，只是不知道應該如何面對。

不知不覺又過了兩個小時，天色漸漸暗了下來，趙燁歎了口氣，該面對的總是要面對，於是不再多想，抓起外套匆匆趕回家。

家裏趙依依圍著圍裙，在廚房裏忙得不亦樂乎，見到趙燁熱情地打招呼，似乎和以前沒什麼兩樣。

如果硬要說有什麼區別，那就是此刻趙依依容光煥發，多了幾分嫵媚，趙燁坐在客廳裏，不止一次地偷偷遠望趙依依，又一次次假裝平靜。

他無法判斷自己所作所為的對與錯，也無法知道趙依依此刻心中在想什麼，對方不只一次誘惑過趙燁，而趙燁這個傳統的大男孩卻總是擺脫不了。

一夜忐忑不安，一夜相安無事，似乎昨夜什麼都沒發生，唯一發生改變的或許只有趙燁的心境。

當清晨第一縷陽光透著窗子照在臉上，趙燁才慢慢悠悠地爬起來，或許是昨天工作太累了，趙燁直到七點多才醒來，而此時趙依依已經做好了早飯。

「今天是那公司來體檢的日子吧，昨天你都佈置好了嗎？」趙依依問道。

「好了，姐姐你今天去上班嗎？」趙燁小心翼翼地問道。

「當然？難道我做家庭婦女？你養我？」趙依依笑道。

趙燁不知如何回答，趕緊低頭將食物使勁塞到嘴巴裏，喝了一碗豆漿，「我吃飽了，上班了！」

「等等我啊，我們一起去啊！」

體檢其實很容易，無非是幾項簡單的化驗檢查而已，然而這對榮光醫院來說卻是一件大事。

畢竟這麼小的醫院能一次性迎來非常難得，而且這也是很好的宣傳機會，連沿江市的電視台都來報導關於這次大規模的體檢的事情了。

這報導爲榮光醫院賺足了面子，更給黃松的公司做了最好的宣傳。

工作中的趙依依又恢復了往日的院長面孔，十分嚴肅。

趙燁則又回到了辦公室繼續他的醫生工作，因爲今天做體檢，人手不足，於是抽調了許多外科醫生去幫忙。

整個外科只留下了趙燁等少數人坐診，趙燁這個閒人此刻也忙碌起來，他接手了三十多個病人，其中還有兩台手術。

「曲琳，去查房！」趙燁看過病例後對小徒弟高喊道。

曲琳猶如一隻快樂的小兔子，蹦到趙燁身邊柔聲道：「師父，今天是不是有手術啊，你答應過我，讓我動手的啊！」

「放心，你會有機會的！」趙燁說著非常不紳士地將病歷丟給曲琳，幫師父拿病歷是徒弟應該幹的活，即使是個女徒弟。

趙燁做事情講究效率，查房進行得很快，他跟別人不一樣，其他醫生或許還要帶著病歷半路查看一下，趙燁卻已經將那些記在了心裏，所以查房的時候根本不需要看。

查房之後便是開藥，寫醫囑病歷，這些事情趙燁多半都交給小徒弟曲琳完成，她越早上手越好，現在趙燁非常迫切地希望她能夠早日獨當一面。

醫院裏的年輕醫生成長得十分迅速，很少有醫院能如此放手給年輕的醫生，可是成長得再快也無法在短短的一個月時間內掌握太多東西，醫生是一個需要大量時間和精力培養的職業。

趙燁帶著曲琳查房後便進入手術室，按照計畫進行手術，曲琳是第一次跟趙燁進行手術，她有些緊張，特別是趙燁還答應給她動手的機會的情況下。

趙燁是個和藹的人，平時嘻嘻哈哈喜歡開玩笑。曲琳雖然嘴上稱趙燁爲師父，可是在心裏卻並無多少敬畏。

可當趙燁穿上手術衣進入手術室的時候，她發現眼前這個年紀跟自己差不多的人明顯不一樣了。

當趙燁拿起手術刀劃破皮膚的一剎那，曲琳才明白，趙燁是一位真正的大師級的外科醫生，有這樣的老師是她的幸運，能跟著這樣的醫生學習，即使只能在一旁觀看也是非常幸運的事情。

趙燁的膽子很大，或許是出於對自己的自信，趙燁將手術刀遞給曲琳，淡淡地說道：

「你來進行下一步，要小心神經……」

口罩遮蓋了曲琳的表情，但是趙燁卻能感受到她的緊張，此刻曲琳咬著下嘴唇，手有些顫抖地進行著操作。

趙燁看著她的每一步動作，放手歸放手，趙燁可不會允許任何失誤，在手術中任何小失誤都可能造成嚴重的後果。

時間一分一秒地過去，曲琳信心越來越足，在趙燁的指揮下，手術進行得很慢，一個趙燁平時四十五分鐘就能完成的手術，卻用了一個小時還多一點。

當曲琳縫合完最後一針，客串助手的趙燁將縫合線剪斷的時候，曲琳終於露出了笑容。

「師父，你太好了！」曲琳完全不在乎手術室裏其他人的存在，柔聲說道。

「好了，準備下一台手術！」

「好的，下一台手術我還有機會嗎？」

「嗯，休息一下，準備手術！」

連續手術對外科醫生來說是很正常的事情，特別是在這種缺人手的情況下，因爲醫生們多半被抽調去忙檢查工作了，所以趙燁暫時被困在了手術室裏。

萬人體檢是一個大項目，無論在任何醫院都是，畢竟醫院不可能動用全部的力量來照顧這一萬人，醫院裏還有其他的病人。

並且這種體檢經常會發現很多問題，很多發現問題的病人基本都會在榮光直接接受治療。

黃松這個老闆還是很不錯的，最少比起那些爲富不仁的傢伙好得多，他從不拖欠工資，並且保障了員工的福利。

萬人體檢讓榮光醫院陸陸續續忙了一個禮拜，每天醫院都排起一條長龍，吸引了很多行人的目光。

榮光醫院正是因爲這個禮拜，開始了他日後的輝煌，人人都記得那排隊看病的盛況。

唯一可惜的是趙燁，他一直都在手術室裏，幾乎沒有時間出來欣賞那排起的長隊。

每天他早上查房，然後在手術室裏一直待到夜裏九點左右，手術一台接著一台。

很多人都佩服趙燁的工作熱情，然而趙燁卻覺得這算不上什麼，就連他的小徒弟曲琳都一直在手術台前，雖然好幾次手術中她差點睡著……

這幾天的忙碌讓趙燁根本沒有時間回去，他又開始了整天待在醫院裏的生活，一個禮拜很快，當最後一個體檢的員工離開時，醫生們不由得暗暗歡呼，這忙碌的一周終於過去了。

忙碌過去了，人人都在歡呼的時候，趙燁卻如往常一樣，只是沒有了那麼多手術。

又是一個下午，大多數醫生都離開了醫院，趙燁卻還在辦公室裏寫病歷。

突然他聽到熟悉的腳步聲，不用回頭他都知道，是趙依依，那腳步聲和她身上的氣息實在太熟悉了。

「一起回家吧！」

「嗯，好的！」趙燁說。

「趙燁！」趙依依剛走出幾步，突然回頭道。

「什麼？」

「其實你不必多想，我知道你跟菁菁的事，我永遠是你的姐姐，你永遠是我可愛的弟弟，僅此而已！」

「僅此而已？」

「是的，僅此而已，走吧，我發現一家餐館挺好的，今天出去吃吧！」趙依依大方地扯著趙燁說。

話說現在是新時代，人們的道德觀念生了非常大的變化，傳統的道德觀念消失得比中醫還要快，人們崇拜著西方的先進，喜歡的是歐美那些新鮮事物，無論好壞……

曾經的中國人，在大街上牽手都會覺得不好意思，而如今這個笑貧不笑娼的年代裏，做小姐都可以光明正大。

趙燁雖然是個年輕人，可他骨子裏卻傳統得很，所以他與趙依依的關係讓趙燁十分迷茫，也成了他最大的心病。

爲此他躲在榮光醫院的手術室裏，晚上就睡在值班室，很不男人地躲了趙依依一個禮拜。

可是趙依依對此卻看得很開，一句「姐弟關係，僅此而已」讓趙燁有了理由，可以繼續跟趙依依在一起，但心中卻一點也沒有放鬆。

時間飛逝，榮光醫院在那次體檢之後，不知不覺成了沿江市的知名醫院，患者一天天增加，在趙燁入主榮光半年後，整個醫院的面貌煥然一新。

內科在蘇醫生的主持下，工作井然有序，外科的主任醫生雖然依然由趙依依在代理，可憑藉大家的努力，憑藉團隊協作，科室運轉得絲毫不比內科差。

因爲榮光醫院的特殊運作，醫生們不會亂開藥，同時無論診斷還是手術都非常順利，看病時醫生與護士的態度也非常好，這讓榮光贏得了無數患者的好評。

榮光醫院不是那種撈一票就跑的醫院。根據趙燁的長遠規劃，醫院應該慢慢發展。注重口碑，不放過任何一個細節才是長遠之道。

半年時間並不長，卻可以積累很多東西，榮光醫院附近的患者再也不會繞遠去其他醫院看病了，甚至有許多距離榮光醫院較遠的患者也會跑來看病。

半年時間讓醫院裏的新人迅速成長，幾乎所有的新人醫生都留在了榮光，在這個跳槽如吃飯一樣普通的年代，實在是不可思議。

大家留在這裏的原因很簡單，因爲沒有其他醫院比榮光給的工資高，另外也沒有醫院有榮光這樣輕鬆簡單的工作氛圍。

在這裏沒有醫鬧，因爲患者來這裏充分信任醫院；這裏工資很高，不需要想方設法地賺黑錢；更重要的是這裏擁有很好的發展，榮光現在雖然很小，可是誰都知道榮光不會止步於此。

這些新人用半年時間學會了許多，其中的佼佼者當然是趙燁手下的小徒弟曲琳，這個活潑可愛的女生已經可以獨立進行簡單的門診手術了。

一切都在向著好的方向發展，這一切讓趙燁非常欣慰，長時間來的投資與努力工作終於得到了回報。

唯一讓趙燁感到無奈的就是，手術太少，心臟手術、神經外科手術實在太少了，這讓趙燁有一種有力無處使的感覺。

手術這東西需要經常練習，如果長時間不練習技術就會下降，趙燁很苦惱，可這又是沒辦法的事情，榮光醫院雖然得到了市民的承認，可大型手術依然沒人來做。

人們來榮光看病是看好這裏的服務，看好這裏物美價廉，小病在任何醫院看都差不多。

可開顱開胸那種手術卻不一樣，許多有錢人甚至不在沿江市，直接開車去省會城市，或去更好的醫院。

這是人們的認識問題，也是習慣問題。

第六劑

半買半相送的手術

趙燁氣定神閑地坐在那裏喝茶，他知道，這第一個患者一定要治好，否則不會再有人上門。

他能聽到人群裏有人在指責，「這腿疼怎麼拍腰椎的核磁共振啊，明顯是騙錢嘛，還說什麼回報社會，我看就是強盜。」

「就是……」

也許是社會有許多不合理，人們不願意相信美好的事物，趙燁也沒有辦法，說得再好也沒用，只能用行動來證明。

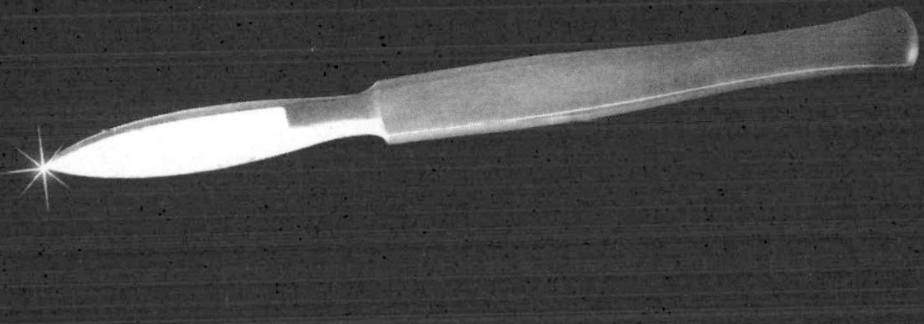

趙燁這兩天生活得如此平淡，平淡到索然無味。

這些天他甚至都沒全天在醫院工作，忙完了本職工作以後，趙燁經常會回家上上網。

這一天趙燁在網路上閒逛，螢幕上顯示的多半是英文，趙燁現在不能手術，只能去外國的醫生論壇上跟那群人討論，過過癮而已。

也許有人會很羨慕趙燁的生活，每天都很輕鬆，可是趙燁在輕鬆的微笑外表下，其實充滿了無奈。

如果有得選擇，他寧可選擇忙碌的生活，而不是現在這樣輕鬆的迷茫。

趙燁正在網上閒逛的時候，趙依依從醫院回來了，她拎著大包小包的食物，現在她非常喜歡這樣的平淡生活，她喜歡給趙燁做飯，更喜歡每天調戲一下這個害羞的弟弟。

一切似乎都跟以前一樣，她與趙燁的那一夜似乎從來都沒發生過。

下班歸來的趙依依，第一件事就是下廚房。這個喜歡廚藝的女人，最近半年總是能想到不同的美食，讓趙燁每天都能享受到頂級的食物。

如果說征服男人先要征服他的胃，那麼趙依依已經做到了。現在趙燁已經習慣了每天吃趙依依的食物，這個習慣就好像每個禮拜給家裏打電話，每天做半個小時的運動，每天看外國醫學期刊一樣。

只是趙燁自己沒有發覺而已，他將這一切都當成了理所當然的事情。每天準時吃飯，準時與趙依依開著各種各樣的玩笑，兩個人在一起很自然，也很幸福。

「最近很清閒啊，這樣吧，明天我去任命你當外科主任吧！」飯桌上的趙依依突然說道。

趙燁驚得差點把飯吐出來，他趕緊擺手拒絕道：「我對主任的職位可沒興趣，當個醫生我已經很滿足了。」

「那你對什麼有興趣？對姐姐有興趣？我的意思是說，對我這個院長的位置有興趣？」趙依依一臉的壞笑，她又開始調戲趙燁，對於趙依依的調戲總是能讓自己緊張，趙燁十分無語。

「最近太清閒了，手術實在太少了，我這個月一共才有一台手術，還是個極其簡單的手術。」趙燁提起手術就鬱悶，唯一的手術簡單得要命，是顱內植入網的取出術。一個連他小徒弟曲琳都能做的手術，事實上，那手術多半都是小徒弟曲琳完成的。

趙依依只是笑了笑，似乎並不關心趙燁的苦悶，這讓趙燁很是鬱悶，過了一會兒，趙依依才淡淡地說道：「其實我不準備今天告訴你的，下個禮拜不是你的生日嗎，我打算將這個作為生日禮物送給你的。」

「什麼東西，弄得這麼神秘啊？」趙燁問。

「我早就看出你想手術了，所以我特意準備了禮物給你。我準備在咱們醫院開個免費專家診斷活動，主要是針對神經外科疾病和心臟疾病的。」

「看病免費，檢查減免一半的費用，至於手術也可以減免多半費用，或許我們會虧錢，但是對醫院很有幫助。」

「同時也能讓你這個金子發發光，更重要的是能讓你高興。」

趙依依說得很平靜，似乎這一切都是應該的。

趙燁心中卻泛起一陣莫名的感動，趙依依總是考慮得如此周到，似乎自己想什麼她都能看得很清楚。這樣的活動必定會吸引很多人，畢竟這個世界上有一種無奈叫做：看不起病。

「謝謝！」

「謝我做什麼，你趕緊準備忙吧，手術應該會有很多，沿江市下屬農村看不起病的人太多了。」

趙依依說得很輕鬆，可這個決定並不是那麼容易下的，要知道趙依依輕描淡寫的活動其實投入很大，每個手術都要虧錢的。

手術越大，費用越高，虧錢也就越多。但是趙依依卻不在乎，爲了醫院的發展，更是爲了讓趙燁高興。

如今的榮光醫院，良好地運轉了半年多，帳面上卻進賬很少，相當於白忙活了半年，如果再辦這個活動，那麼下半年恐怕就要出現財政赤字了。

趙燁不在乎錢，他對錢一直沒什麼概念，甚至將所有的錢都交給趙依依打理。

如果不是充分的信任，恐怕沒有人會將億元資產交給其他人。趙燁不是神經有問題，而是因爲對趙依依充分的信任。

趙依依作爲院長很稱職，榮光醫院打理得井井有條，作爲趙燁的姐姐也是一樣，在生活上將趙燁照顧得非常到位。

趙燁習慣了每天兩人一起上班，習慣了一起吃飯，甚至習慣了趙依依經常有意無意地挑逗。

低頭扒完了碗裏的飯菜，趙燁便回去繼續上網，他害怕過多地停留。回到房間，趙燁打開自己的部落格，輕輕地敲擊鍵盤，寫下自己的心情。

「在最深最深的黑夜裏，彷徨在十字路口……」

夜漸漸的深沉，家家戶戶的電視機裏的愛情鬧劇也紛紛謝幕，趙燁是從來不看這種東西的，也看不懂。

而此時他卻明白了，爲什麼那麼多人喜歡看，這些原來都是源於生活。每個人都期盼轟轟烈烈的愛情，期盼著被人愛著的感覺，享受愛著別人的快樂。

夜沉沉而漫長，趙燁在向左向右的問題上徘徊了好久，他沒有答案，今夜得不到答案，或許以後也得不到答案。

精力充沛是年輕人的專利，趙燁更是其中的佼佼者，他似乎從來不知疲倦，即使帶著黑眼圈，他依舊對工作充滿熱情。

榮光醫院的門口豎起了巨大的橫幅，巨大的宣傳橫幅吸引了路人的目光。

同時進行宣傳的還有各大媒體，趙依依知道媒體的巨大作用。她找來電視台，將這一切都報導出來。

看到採訪的記者，趙燁突然想起了那個在長天大學附屬醫學院與他們在一起許久的那位臥底醫生，秦嵐！

那位活潑的將頭髮紮在腦後的女記者，從那以後就消失不見了。

其實趙燁一點都不恨她，那只是她的工作而已，並且她如實的報導了一切，並沒有做出什麼對不起自己的事情。

相反那個時候還有一位上了媒體的人，鄒夢嫻！

那位大明星雖然是為了自己說話，可是她更多的是在炒作自己，趙燁一直就不喜歡鄒夢嫻的那種高高在上，經過那件事情後，趙燁更是不喜歡。

沿江市算不上什麼大城市，整個城區人口才一百多萬，加上下面的縣也才四百多萬人。按照心臟病的發病率，需要做手術的人不多卻也不少，這次榮光醫院的活動主要是針對心臟病。

至於神經系統疾病，多半是不能拖延的，都是發現問題直接解決，畢竟顱腦外傷多半為車禍或暴力損傷。

醫院的醫生們幾乎都不知道這突如其來的活動，許多醫生都跑出來看熱鬧。

「這是什麼活動啊，看病免費？手術費減半？咱們醫院還賺不賺錢啊？」一位醫生調侃道。

「錢的問題不用操心，反正我們工資又不拖欠。這手術費減半，患者可真是便宜了！」骨科醫生董楠說道。

趙燁在醫院裏最好的朋友就是這位醫生了，他一直很佩服趙燁與趙依依對榮光醫院的經營理念：爲患者造福，這樣的理念才能得到患者的認同，這樣經營醫院才能將醫院發展壯大。

「真是大便宜啊，可惜你占不到了……」李強調侃道。

「難道你能占到這便宜？」

李強整了整衣領，一本正經地說道：「當然，我可是無所不能，我正在考慮，是不是把那幾個有仇的傢伙揍一頓。」

「從我當了這保安以後，我都快半年沒打架了，那幾個傢伙又開始囂張，我去把他們打成腦外傷，然後送到我們醫院。」

「這你又占了什麼便宜？」

「有幾個傢伙打完了可以不管，但是有幾個後台很硬，我總要賠償點醫療費……」

「原來豹哥你也不是萬能的啊……」

「誰說的，就算不是萬能也是九千九百能……」李強強辯道，他的話引起了醫生們一陣哄笑，現在大家都熟悉了，也沒人再害怕這個曾經染著黃頭的豹哥了。

而豹哥看榮光醫院的醫生覺得很有趣，在榮光高薪養廉，集中採購藥物的規定下，醫生們非常清廉，全部精力都放在治病救人上，而不像其他醫院想方設法地賺取提成。

眼前榮光醫院的活動明顯是一種放棄利潤，優惠患者的活動，而不像其他醫院，什麼專家會診，看病免費那種掛羊頭賣狗肉的把戲。

多數醫院都打著檢查免費，看病免費，實際上患者根本就得不到免費，甚至還會多花很多錢。

醫院總有辦法在治療上賺錢。意志再堅定的人，在那種地方發現了疾病後，難免不被醫生說動，在治病時就會發現，所謂的免費其實還是會花掉大筆的醫療費。

榮光醫院這次是真的虧本，但是多半市民不相信天上真的會掉餡餅，所以對榮光醫院這種活動持懷疑態度，開始的幾天趙燁都沒有病人，更沒有手術做。

於是這幾天他就坐在接待處，手裏拿著局部解剖學，一邊看一邊幻想手術，看累了就拿著小刀削蘋果或蘿蔔，有時候也會縫合番茄。

一連幾天都是問的人多，檢查的人少，即使做了檢查也沒有需要手術的。看來榮光醫院在趙燁入主前積累的惡名，不是輕易能改變的。

畢竟沒有人敢真來榮光試驗一下，這個專門修理生殖系統的醫院是否能夠在神經外科，或心臟上有驚人的表現。

趙燁不著急，趙依依卻很上心，她不僅動用媒體，甚至還用最原始的手段發傳單，也不知道雇了多少個兼職的學生，整個沿江市到處都是榮光醫院的傳單。

或許是傳單起了作用，又或者是持續的宣傳起了作用，終於在第四天一早有位患者來到趙燁面前諮詢。

「醫生我腿痛，你幫我看看好嗎？」

這個患者是個四十多歲的農民，滿臉風吹日曬的痕跡，剛見到趙燁的時候他還有些猶豫，在趙燁面前晃了很久才下定決心來詢問。

「行，你坐下，什麼時候……」趙燁說著放下手中的書，開始詢問病情。

其實腿疼不是趙燁的範圍，一般要去看外科或內科，可趙燁卻熱情地接待了他。

「拍個X片給我看看。」趙燁說著開了一張腿部X光的單子。

過了一會兒那患者帶著X光片回來了，趙燁只看了一眼，然後說道：「再去做個腰椎核磁共振成像吧！」

「怎麼還要檢查啊？」患者有些猶豫，核磁共振成像太貴了，他一個農民根本負擔不起，這也是爲什麼他忍受了兩個多月難以忍受的劇痛，卻還在堅持的原因。

「放心，我們這裏檢查不貴，你這病必須治療！」

或許是趙燁的微笑太真誠，也或許是那痛實在難以忍受，患者終於去做了第二個檢查。

這是趙燁接待的第一個病人，原本是很平常的事情，可其他人不這麼認爲，很快這裏聚集了一批看熱鬧的人，畢竟榮光這活動一直沒有病人。

許多附近的居民和過路人都在這裏駐足觀看，一臉看熱鬧的樣子，似乎認定了榮光醫院必栽。

趙燁氣定神閑地坐在那裏喝茶，他知道，這第一個患者一定要治好，否則不會再有人上門。

他能聽到人群裏有人在指責，「這腿疼怎麼拍腰椎的核磁共振啊，明顯是騙錢嘛，還說什麼回報社會，我看就是強盜。」

「就是……」

也許是社會有許多不合理，人們不願意相信美好的事物，趙燁也沒有辦法，說得再好也沒用，只能用行動來證明。

不一會兒那患者滿頭大汗地跑了回來，將片子遞給趙燁說道：「拍好了，這是片子！」

趙燁將片子高高舉起，對著太陽看了一會兒，淡淡地說道：「腰椎占位性病變，也就是說脊柱裏有腫瘤，需要開刀！」

「開刀？」

「沒錯，你看看這裏，很明顯的一塊腫瘤。現在我們這裏手術費用減半，你可以考慮一下。」趙燁說著用手指向病變的部位。

很明顯的病變，就算是沒學過醫學的農家漢子也能看明白，患者汗如雨下，他沒想到竟然要進行手術，還是一個大手術。

圍觀的群眾開始騷動起來，眼前的診斷實在太詭異，腿疼竟然是脊柱有問題。

眾人紛紛對趙燁這個年輕的醫生的身分產生了好奇，同時也對榮光醫院產生了好感。

「手術費用減半是多少錢？」

「這是台大手術，需要全麻，接近一萬吧！」趙燁說道。

「醫生我相信你，你能治好我對吧？」

「放心，我會拚盡全力，百分之百成功我不能保證，但是我做過很多台手術，比這難的手術也有許多，目前爲止我還沒失敗過一台！」

萬事開頭難，當患者簽下手術同意書的時候，榮光醫院的這個半價手術活動才算是真正開啓。

每台手術都要虧錢，至於虧多少趙燁不知道，他只知道安安心心地手術，不能因爲患者的身分以及手術的費用有絲毫的馬虎。

在手術台上沒有身分的高低，醫生的眼中只有患者，無影燈下是忙碌的雙手，手術室外則是焦急的患者家屬。

在大型顯微鏡下，趙燁一點點將腫瘤從脊柱內分離出來，這手術不難，對趙燁來說簡單得很，可這簡單的手術趙燁卻下了大力氣。

一直到手術做完趙燁都不敢放鬆，似乎是因爲長久以來遠離手術台讓他有些緊張，有些生疏吧。

不過這緊張過去得很快，沒多久趙燁便進入了狀態，這樣的小手術果然費不了多少時間。

一個半小時後，趙燁面帶笑容地走出手術室，然後肯定答覆了患者家屬。

「手術非常成功！」

這無疑是一個良好的開端。

那患者家屬不敢相信，這世界上的確有這種好事。

患病是不幸的，但是能夠以半價手術卻是幸運的。

更加幸運的是，手術的費用打了折，可是治療效果卻沒打折，他們曾經去第一醫院、中心醫院等地方問過，榮光的確是便宜了一半左右。

打開了局面的榮光一發不可收拾，患者漸漸增多，每天趙燁在醫院門口都能收到幾個病人，其中多半都是需要手術的，這讓趙燁漸漸忙碌起來，手術安排得滿滿的，一天兩台甚至三台手術。

多虧了趙燁年輕力壯，無論怎麼勞累，休息一夜也能夠恢復，換作其他醫生，恐怕早就累倒了。

這樣持續了大約一個星期，趙燁同往常一樣從手術室裏走出來，不等患者家屬追問，直接說出手術成功的結果，這已經成了趙燁的習慣，手術室出來的一句話就是手術非常成功。

成功已經成了趙燁的代名詞，榮光醫院的半價手術也成了沿江市最熱門的話題，人們津津樂道於趙燁這個年輕主刀醫生的神奇。

趙燁被傳得越來越神奇，患者也越來越多。

畢竟這個有著四百多萬人口的城市，病患數不勝數。

許多鄉下的病患根本出不起手術費，如果不是榮光醫院的半價手術，他們唯一的命運或許就是等死。

很悲哀，然而這卻是事實。

中國有無數這樣的病患，即使是見慣了生死的醫生，對此也是唏噓感歎。

如今榮光醫院的半價手術醫療，算是給了這些病患一個福音。

因此一時之間，趙燁似乎成了救苦救難，有著大慈悲的觀世音菩薩。

第七劑

赤裸裸的勾引

鄒舟噘著小嘴，不斷翻看旅遊地點介紹，突然眼前一亮對趙燁說道：「哇，這裏有個特色高空彈跳，我們去吧！我聽說有一種情侶高空彈跳，兩個人捆在一起然後跳下去，這樣在跳的時候，兩個人可以緊緊擁抱，更刺激的是可以接吻哦，我們去玩這個吧！……」

面對鄒舟的興奮，趙燁一臉黑線，這算什麼？赤裸裸的勾引啊，鄒舟現在簡直就是個小狐狸精，多虧她現在還小，如果長大了，恐怕沒有任何男人能抵擋得住她的誘惑。

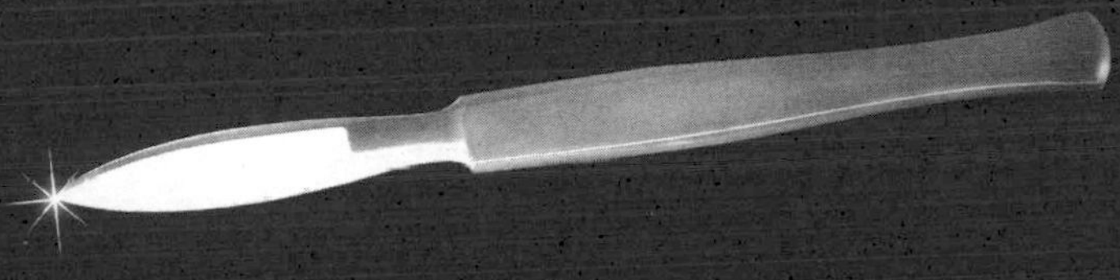

這天下了手術，已經是夜裏九點，趙燁謝絕了患者家屬吃飯的邀請，同往常一樣，走回醫生休息室，準備換衣服回家。

醫生不是機器，沒辦法一直工作，現在趙燁已經達到了極限，再工作下去不僅是對自己身體的摧殘，同時也是對病人的不負責，此刻筋疲力盡的他最多能發揮出百分之八十的水準。

九點鐘的醫院已經變得冷冷清清的，頗有幾分恐怖。

在寂靜的走廊上，突然跳出來一個人，身心疲憊的趙燁一心想回去休息，此刻卻被嚇了一跳。

「醫生，救命！」那人說道。

趙燁恢復了好一會兒才緩緩說道：「你怎麼了？我下班了！」

趙燁剛剛說完，感覺有些不對，眼前這人有些熟悉，一米六的身高，身材勻稱，頭上戴著大兜帽，不認識。

「你……」趙燁沒等說完，對方卻已經將兜帽摘下，露出一副天真的笑容。

「是我啦！」

那是一張漂亮而熟悉的臉蛋，帶著俏皮的微笑，讓趙燁吃驚了好一陣子才反應過來。

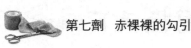

「鄒舟？你怎麼會來這裏？」

「我當然是找你看病了，你這裏不是半價醫療嗎，你又是神醫，這麼好的事情哪裏去找呢？」鄒舟微笑著說。

「好了，我知道你現在很健康，你是偷偷跑出來的吧？」

「沒有，我是得到姐姐的同意才出來的，另外我姐姐其實也很想你哦！」

趙燁搖了搖頭，鄒舟一副人小鬼大的樣子讓他感到好笑，鄒夢嫻在趙燁的印象裏一直都不好，特別是上次長天大學附屬醫學院的媒體風波，最後她竟然借著這個機會增加曝光率，勢利的人趙燁一向不喜歡，不管你是大明星，還是大美女。

「你住哪裏呢？」趙燁問。

「我無家可歸，所以來投靠你……」鄒舟低著頭，一邊玩手指一邊說道。

趙燁歎了口氣，只能帶著她回家。

鄒舟一路上高興地挽著趙燁的胳膊，還好她只有十六歲，是個小孩子，否則漂亮如鄒舟這種女孩，會惹出很多麻煩。

女人總是喜歡漂亮的東西，當趙依依第一眼看到鄒舟的時候，就高興地牽著這位小妹妹的手，然後盤問趙燁是從哪裏拐來的。

「這是我妹妹！」

趙燁說謊從來不眨眼睛，他也不知道爲什麼要在趙依依面前說謊。

「嗯，既然你妹妹來了，就放你兩天假，帶著她在沿江市玩玩吧，最近你也累得夠嗆，明天的手術就由我來做吧！」趙依依說。

半價手術不可能持續很久，這誰都明白，榮光醫院虧不起，趙燁也不可能每天手術，那會讓他累死，另外就是榮光醫院的半價已經讓沿江市三家大醫院有意見了，畢竟這沿江市還是人家的天下，不是說你技高一籌，或有錢就可以的。

趙燁其實也想休息一下，可病人卻不能等，趙依依能動刀也是個好辦法，畢竟趙依依是在美國留學過的頂尖外科醫生。

「好吧，我休息兩天。你也不要太累了。」趙燁說道。

很平常的對話，可在鄒舟眼裏卻極不尋常，她看了看趙燁，又瞄了瞄趙依依，突然覺得這兩個人之間有一種說不出的感覺。

「我今天跟趙燁哥哥一起睡！」鄒舟突然說道。

這句話嚇了趙燁一跳，鄒舟也不小了，不說她傾國傾城的容顏，就是她的身體發育來說，也能夠迷倒無數人。

趙燁雖然當她是小妹妹，可也沒想到這小妹妹竟然能說出這麼一句話，還以爲是她開顱手術恢復得不好，難道她在某些方面依舊停留在幾歲小孩的層面上？

「鄒舟跟姐姐一起住吧，你跟趙燁哥哥住一起可不行哦，他不是什麼好東西，會欺負你的！」

趙依依的話差點讓趙燁吐血，他發現這姐姐越來越沒正經了，好像自己是色狼似的，不過話說回來，美麗的鄒舟誘惑力的確很大。

「好了，今天好好休息吧，明天我們一起出去玩。」

或許是長期勞累的原因，趙燁這一覺睡得很是香甜，美中不足的就是做了幾個小夢，夢裏自己還是在做手術，沒完沒了的手術，病人排著長龍，一眼望不到頭……

手術是趙燁的樂趣，可是再有趣的事情，多了也索然無味了，趙燁一覺醒來一身大汗。幸虧是一個夢，如果真有那麼多病人排隊手術，恐怕以趙燁的性格會將所有手術都做完，那最後必定得累死。

難得今天休息，趙燁醒來以後卻沒有立刻起來，而是翻了個身準備再休息一會兒，一翻身，他感覺手似乎摸到了什麼東西，滑滑膩膩的，好似女人的皮膚，捏一捏手感不錯，就是好小。

趙燁感覺不對，猛地坐起來發現鄒舟這小丫頭不知道什麼時候跑到了自己床上，剛剛他摸的正是鄒舟。

看到鄒舟睡得香甜，趙燁覺得這小丫頭應該不知道自己摸了她，雖然不是故意的，可趙燁依舊感覺羞愧，趕緊穿上衣服逃跑了。

心中感歎，多虧小丫頭睡著了，多虧了這麼多年裸睡的習慣已經改了，多虧了最近冷水澡洗得多……

趙燁狼狽地逃跑後，鄒舟睜開了眼睛，用手摸了摸自己的胸部，喃喃說道：「怎麼我的這個沒有那個趙依依的好嗎？她都那麼老了，哼，反正我也會長大的，不管怎麼說，趙燁哥哥是我的！」

在浴室裏洗臉刷牙的趙燁此刻還在感歎，鄒舟這小丫頭的確了不得，天生的小妖精，殺傷力太強大，長大以後可不得了。

同時趙燁還有種感覺，這幾天難得的休息，不一定會很好過！

忙碌了一個多月的趙燁，不知道對於休息應該高興，還是應該煩惱，雖然趙燁不怕辛苦，可再怎麼說他也是普通人，也會知道疲倦，休息對於他來說，也是一直渴求的事情，只是工作太忙，他一直都將休息放在了最後。

如今他終於休息了，可是對鄒舟卻不知道如何是好，這位原本文靜的小丫頭也不知道是手術的問題，還是因爲沒有了病痛的折磨，又或者什麼其他原因，總之她現在變得讓趙燁非常的頭疼。

都說五歲一個代溝，趙燁發現曾經也是小孩子的他，此刻已經不能理解小孩子的想法了。

「趙燁哥哥，你說過帶我出去玩的。」鄒舟噘著嘴巴道。

趙燁一邊點頭，一邊將早餐送入口中，算是同意了，鄒舟來找自己恐怕就是爲了玩，此刻趙燁打定主意帶她玩兩天，然後就送她回去。

他可不想讓這小丫頭待的時間太久了，萬一哪天再爬到自己床上，而半夜裏趙燁再做個春夢，弄假成真可就完蛋了。

他對自己再瞭解不過，能抵擋這樣的誘惑多久，他自己都說不好。

鄒舟在得到趙燁的承諾後顯得非常高興，拿起沿江市旅遊地圖開始到處找玩的地方。

沿江市是華中地區有名的旅遊城市之一，這裏山清水秀，遊客不斷，趙燁雖然來這裏也有幾個月了，可卻從來都沒真正好好玩過，所以去哪裏玩他也不知道，只能任由鄒舟挑選。

鄒舟噘著小嘴，不斷翻看旅遊地點介紹，突然眼前一亮對趙燁說道：「哇，這裏有個特色高空彈跳，我們去吧！我聽說有一種情侶高空彈跳，兩個人捆在一起然後跳下去，這樣在跳的時候，兩個人可以緊緊擁抱，更刺激的是可以接吻哦，我們去玩這個吧！這個高空彈跳有一百多米，跳下來就可以面對長江了……」

面對鄒舟的興奮，趙燁一臉黑線，這算什麼？赤裸裸的勾引啊，鄒舟現在簡直就是個小狐狸精，多虧她現在還小，如果長大了，恐怕沒有任何男人能抵擋得住她的誘惑。

「算了吧，我們換個地方吧，不如去遊樂園如何，其實你這樣的小丫頭應該坐坐旋轉木馬這種東西。」趙燁擦了一把冷汗道。

「那是小孩子做的事情，我才不要玩那種沒有意思的東西，我要玩點刺激的東西，好玩的東西，要不我們去漂流吧！」鄒舟看著一張漂流的宣傳單說道。

「去漂流吧，肯定很好玩很刺激。」

「好，那就去吧！」趙燁點頭同意。

其實他也是實在找不到什麼可以玩的地方了，再說漂流也是趙燁一直想去玩的，只是沒有時間而已。

另外現在天氣炎熱，漂流的確是個好選擇。

訂好了出遊計畫，兩人準備了一下就出門了，沿江市坐落於長江北岸，周圍多山，漂流的地點就是山中泉水彙集的溪流，水流湍急，很是刺激。

兩人驅車趕到漂流地，一路上鄒舟很高興，長久以來的願望總算實現了，總算拉著趙燁出來玩了。

漂流的地方也算是赫赫有名，此地也是人山人海，接著就聽到許多人尖叫著，隨著溪流漂走。

「趙燁哥哥，這裏好可怕哦！不過，你不要擔心，我會保護你的！」鄒舟說。

趙燁瞥了她一眼，心想，誰保護誰啊！

等一會兒上了漂流船，可別叫嚷。

趙燁不作聲地穿上救生衣，頭上戴了個樹藤編製的安全帽。

鄒舟也穿好了漂流的裝備，看著別人一個個下水，心中不由得急了起來。

「別著急，準備好了再說！你這麼著急下去，一會兒可別後悔。」

鄒舟才不會聽趙燁的話，拉著趙燁上了橡皮艇，然後在工作人員的幫助下，順著水流飄下。

漂流算是一種極限運動，湍急的水流讓橡皮艇極速起伏，一旦控制不好，就容易翻船。

鄒舟可不管那麼多，上了船她就開始大聲叫嚷，惹得其他船上的人紛紛側目，或許是鄒舟太漂亮了，許多人忘記了這是在漂流，直接栽進了水中。

這裏的水都是山中的泉水，不但湍急，而且非常冷，天氣雖然炎熱，可是也不能長時間泡在這種水裏。

看著別人栽進水裏，鄒舟笑得很是開心，那笑容讓趙燁想起了四個字，紅顏禍水。

然而這還只是開始，鄒舟變戲法似的弄出一把水槍，然後對著那些距離比較近的漂流船射擊。

如果鄒舟只攻擊一個人也就算了，這個小丫頭在天真可愛的外表下卻無比瘋狂，她的水槍攻擊了幾乎每一個能攻擊的人。

冰冷的溪水並沒有讓那些受到攻擊的人憤怒，相反許多人很高興自己能夠得到小美女的垂青，於是紛紛開始反擊。

鄒舟突然發現自己成了眾矢之的，尖叫了一聲躲到趙燁懷裏，柔聲道：「趙燁哥哥保護我，他們欺負我。」

明明是自己惹的禍，怎麼又說被欺負！

趙燁抱著懷裏的鄒舟，想將她扶起來，卻一不小心摸到了她的胸部，趙燁猶如觸電般將手縮了回來。

「趙燁哥哥，你好……好壞啊！」鄒舟軟綿綿的聲音道。

她俏臉一紅，接著又說：「放心，我不會告訴別人的！」

趙燁還沒等說什麼，就感覺到冰冷的泉水澆到了自己頭上，原來那群人發現小美女竟然跑到了趙燁的懷裏，於是開始憤憤不平地攻擊趙燁。

紅顏禍水就是紅顏禍水，趙燁明明什麼都沒幹，卻被水槍弄得全身濕透了。

趙燁想躲又躲不了，小橡皮艇就這麼大點，如果動作太大，弄不好還會掉下去。

鄒舟躲在趙燁寬闊的肩膀下幾乎受不到任何攻擊，於是又蠢蠢欲動起來，拿起水槍，把趙燁當成掩體開始反擊。

這下子可惹怒了那群人，趙燁受到的攻擊瞬間多了起來，即使現在是夏天，趙燁也受不了泉水的冰冷，開始瑟瑟發抖。

趙燁再也忍受不了這個淘氣的小妖精，一氣之下將鄒舟按在懷裏，不讓她亂動。

趙燁只是下意識的動作，可鄒舟卻面色緋紅。

兩個人本來是坐在小艇上的，鄒舟此刻卻變成了半躺在趙燁懷裏。

雖然兩人都穿著厚厚的救生衣，可下面卻是夏天薄薄的衣衫，鄒舟被趙燁抱在懷裏，面紅耳赤，嬌喘吁吁。

趙燁也覺得不妥，鄒舟少女特有的體香，若有若無地撩撥著他的神經，她面帶桃花的清麗面容，更讓趙燁心神激蕩。

如果說趙燁此刻沒有感覺那是假的，怎麼說趙燁都是個男人，昨夜鄒舟跑到自己的床上，早上更是狠狠地刺激了趙燁一把，此刻趙燁被撩撥得慾火中燒。即使被眾多水槍攻擊，趙燁還是無法熄滅心中的火焰。

鄒舟趴在趙燁懷裏，發現了趙燁身體的異樣，人小鬼大的她處心積慮地撩撥趙燁，此時她卻感覺渾身燥熱，軟綿綿得有些害怕。

在鄒舟掙扎著要起來的時候，卻聽到趙燁說道：「別亂動，到急流了！」

少女的身體本就是最敏感的，在趙燁充滿男性氣息的懷抱裏，鄒舟渾身無力，根本起不來，感覺到趙燁下體頂著她，讓她頭腦頓時成了一盆糨糊。

湍急的水流讓多數拿著水槍的人翻了船，一個個惱怒地爬起來，拖著船到岸邊，遠遠地望著懷中抱著小美女的趙燁漸漸飄遠。

「趙燁哥哥，你真壞，不許吃我豆腐。」

「你這是埋怨我，還是在提醒我？」趙燁笑道。

鄒舟畢竟是個小女孩，不一會兒到了水流比較緩的地方，她掙扎著爬了起來，拿著水槍對著趙燁就是一陣亂噴。

「哎，小心點，別亂動！」

鄒舟聽到趙燁的話，還以爲對方是在求饒，於是更加肆無忌憚地用水槍對著趙燁亂射。

然而沒過多久，她就感覺橡皮艇速度加快並且開始顛簸，原來經過短短的平靜又到了急流險灘。

趙燁一手抓著橡皮艇，一手抓著鄒舟，可這地方水流太急，過了兩個漩渦後，橡皮艇重心偏移，一下子翻到了水中。

冰冷的泉水讓趙燁直發抖，可他現在卻顧不得這些，在水中撲騰了一會兒，終於站了起來，再一看鄒舟，小丫頭面無血色地還在水中撲騰著，並且不斷地喊著救命。

其實水並不深，最多一米，可小丫頭卻嚇壞了，穿著救生衣的她不斷地在水中撲騰，似乎真的要溺水了一般。

趙燁壞壞地一笑，先去抓住快被水沖跑的橡皮艇，然後走到鄒舟身邊，一把抱起她，輕輕地放在橡皮艇上。

「你再淘氣，掉水裏了吧！」

儘管天氣炎熱，鄒舟還是凍得夠嗆，面色蒼白，渾身上下濕漉漉的。多虧她穿著救生衣，否則被水打濕了衣服，必定走光。

在趙燁抱起鄒舟的時候，這古靈精怪的小丫頭渾身顫抖著，不知道是因爲寒冷，還是因爲趙燁懷裏溫暖，一頭躲進了趙燁懷裏。

兩人上了橡皮艇繼續漂流，鄒舟這次安靜了許多，似乎是剛剛掉進水裏有些害怕的緣故，再也不吵吵鬧鬧的了。

再次上了皮艇後，趙燁彷彿什麼都沒發生一樣，橡皮艇這次很平穩地駛過一個又一個急流。

鄒舟面色鐵青，似乎很害怕的樣了，看著橡皮艇裏越來越多的水，顫抖著說道：「不會再翻船了吧，船裏的水好多啊！」

「放心，不會再翻了，只要你不亂動。船裏有點水才能行駛得平穩。」

「你騙我，你這個壞人！」

「我怎麼壞人了？要不是我這個壞人救你，你早就被沖跑了！」趙燁笑呵呵地說道，同時不斷地將皮艇裏的水弄出去。

可是他又不將所有的水都清理乾淨，總是留下一些，這是爲了讓船能夠平穩，可是在鄒舟看來，這是趙燁的陰謀。

趙燁很快由鄒舟嘴裏的趙燁哥哥變成了大壞人，不過趙燁更樂於扮演壞人。

漂流的確是極限運動，湍急的水流讓橡皮艇起伏不定，比起海盜船、高空彈跳更加刺激，起碼那東西知道自己不會掉下去，漂流可不一樣，掉下水可是家常便飯。

鄒舟閉著眼睛，雙手緊緊地扶著橡皮艇，小臉煞白。足足忍耐了十幾分鐘後，她終於在幾道連續的激流中大聲叫嚷起來。

如果只是普通的尖叫也就算了，她一邊叫著一邊亂動。

漂流中最忌諱的事情就是亂動，只要掌握好重心，一路上不會有什麼危險。

鄒舟這樣是最危險的，越是害怕，越是亂動；越是亂動，越容易掉進水裏，所謂怕什麼來什麼，就是這樣了。

鄒舟不知道，趙燁卻明白這個道理，趕緊一把抱住她不讓她亂動。

少女的身體很是敏感，趙燁的擁抱讓鄒舟不斷地掙扎著，橡皮艇在鄒舟的掙扎下在水裏搖搖晃晃，終於在一處怪石嶙峋的淺灘再一次翻了船。

此處兩側都是高山，即使在炎炎夏日也非常涼爽，山中泉水彙集成的溪流更是冰冷刺骨。

第二次掉進水中，讓兩人終於嘗到了什麼叫做夏日裏的嚴寒，並且終於明白了爲什麼漂流是極限運動。

鄒舟一句話也不說，好像一個犯了錯的孩子。

趙燁並沒有埋怨她，只是靜靜地將橡皮艇放在岸邊，然後跑到附近的農戶家裏。

此刻鄒舟心裏亂亂的，她一直以爲喜歡這個救了自己命的趙燁哥哥，可是又不明白爲什麼自己對他的擁抱如此抗拒，難道兩個人相愛，不應該親吻、擁抱嗎？趙燁一聲不響的跑到遠處去了，是不是不高興了呢？

鄒舟心裏亂亂的，一陣冷風吹來，讓她忍不住打了個寒戰。

看著湍急的水流，開始怨恨起來，這漂流實在是太可惡了，太不好玩了。

此刻的她已經忘記了是自己強烈要求來漂流的，心中不禁開始後悔起來，更加後悔的是自己剛剛不應該亂動，似乎自己是喜歡趙燁哥哥的，可是……

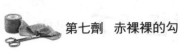

漂流讓這個小山谷成爲了旅遊的熱門地點，許多附近的農民在農閒的時候跑到這裏來討生活。

最簡單的就是在水流最湍急的地方賣東西，例如趙熚翻船這裏，這地方是最有名氣的險灘之一，很多人都在這裏翻船，然後上岸休息。

這些有生意頭腦的人則是在這裏提供點熱水，或吃的東西。價格不貴，卻也讓他們賺得盆滿缽滿，比田地裏勞動好多了。

當他們看著趙熚過來的時候，知道生意又上門了，只是幾分鐘以後他們發現，這位顧客很是大方，就是要求的東西有點與眾不同，他什麼都不要，只是要了一碗薑水。

這東西別人不清楚，趙熚作爲醫生可是明白得很，山泉太寒，不僅是溫度低，很多時候真正傷身體的不是絕對溫度。

很多人都覺得這樣的寒冷能夠忍受，殊不知寒氣已經入骨。

這樣的情況很容易得病，即使表面沒事，時間長了也是病根，而趙熚要的生薑水則是驅寒的東西。

鄒舟蜷縮著身子，靠著橡皮艇。

炎炎夏日她卻沒感覺到一絲溫暖，此刻她被漂流嚇到了。

在她瑟瑟發抖的時候，趙燁端著冒著熱氣的大瓷碗走到她身邊，淡淡地說道：「喝點吧，能驅寒。」

鄒舟噘著嘴，氣鼓鼓地說道：「誰要你假裝好人，你這個大壞蛋。」

「你不要我倒掉了。」

「誰說我不要了！」鄒舟說著搶過瓷碗，也不顧燙，張開小嘴喝起來，水剛入口，她就一下噴了出來。

「這什麼東西？」

「薑水啊！驅寒的，你快點喝了，要不然回去肯定會病倒，你在水裏泡了那麼久，快點喝了。」

趙燁原本以爲勸說鄒舟喝下這些對於她來說很難喝的薑湯還要費一段時間，然而鄒舟的表現卻出乎意料的好，很聽話地喝下了薑湯。

趙燁休息了一會兒後，兩人再次上了橡皮艇。

這次兩人在橡皮艇上很安靜，幾次急流也沒有翻船，饒是如此也濺了一身的水，或許是喝了薑湯的緣故，鄒舟臉色看起來沒那麼蒼白了。

當他們走出漂流區，已經是下午四點多了，陽光沒有那麼刺眼，距離天黑卻還有一段時間。

鄒舟似乎在漂流上消耗了所有的體力，一句話不說，乖巧地跟在趙燁身後。

「還要去哪裏？如果什麼地方都不去的話，我們就找個地方吃飯吧！」

「嗯，我聽趙燁哥哥的，你說去哪裏就去哪裏。」鄒舟挽著趙燁的胳膊乖巧地說道。

十幾歲的少女雖然沒有發育成熟，可內心卻總是將自己當成大人。鄒舟此刻挽著趙燁的胳膊，儘量讓兩個人看起來好似一對情侶。

趙燁當然知道她的想法，鄒舟的確漂亮，又毫不掩飾對自己的愛戀，可是他知道這只是小孩子的想法。

對於鄒舟，趙燁可不想惹太多的麻煩，趕緊將手臂抽出來，無奈鄒舟抱得太緊，趙燁用力的結果，就是胳膊碰到了那正在發育的胸部。

「趙燁哥哥是大壞蛋！」鄒舟紅著臉說道。

「我的確是壞蛋……」趙燁鬱悶道。

漂亮的美女鄒舟走到哪裏都能吸引很多人的目光，對此她已經習慣了。

可是趙燁卻不喜歡，特別是其他人以看變態大叔、色魔的眼光來看他。

趙燁對此欲哭無淚，他很想高聲叫喊，「我不是色魔，我不是變態，其實我只是個醫生！」

兩人走了許久，鄒舟似乎很享受這樣的時光，甚至將頭靠在了趙燁身上，可趙燁卻沒有一丁點那種心情。

「鄒舟，明天我送你回去吧！」

「不要，我要跟趙燁哥哥在一起！」鄒舟下意識地抱緊了趙燁的胳膊，撒嬌道。

「別胡鬧了，你姐姐會擔心的！另外我也要工作，你跟我在一起不合適，你要上學，別小孩子氣了。」趙燁沒心思享受身邊的溫柔，淡淡地說道。

「趙燁哥哥你不要我了嗎？是因爲跟你同居的那個女人嗎？我沒有她漂亮嗎？我知道趙燁哥哥喜歡她，可是我比她漂亮啊！再說那個女人有什麼好的，你看我又年輕，又漂亮，而且你選擇我還有好處哦，你知道我還有個姐姐哦，我不介意跟姐姐分享你。」

「其實姐姐對你的印象也很好，上次不知道怎麼得罪了你，她想給你解釋，卻又放不下面子……」

鄒舟自顧自地說了許多，趙燁卻只聽了開頭，後面的一句都沒聽進去，這小孩子不知道是什麼邏輯。

不過他知道一點，這個小魔星是很難甩掉了！

第八劑

活出自己

每個人都有自己的追求，多數人喜歡大城市的繁華，也有人喜歡小鎮的淡雅。

趙燁或許與大多數人不同，他不喜歡那種繁華，更不喜歡那種矚目，他要的是自由。

在趙燁的眼中，生活的好壞不在於物質的多少，重要的是高興。

每個人都有自己的活法，有錢也罷，沒錢也罷，名人也好，默默無聞也行，只要知足，他們就都是一樣的。

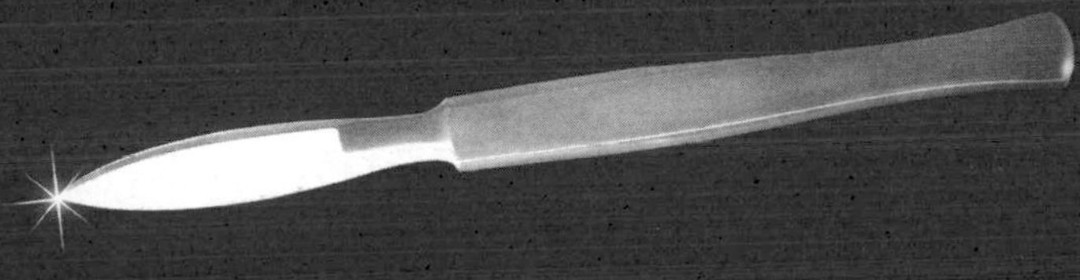

對於自己不會開車，趙煒很是無奈，他很想學習開車，自己買一輛代步小車，天天開車去上班，而不是坐在副駕駛的位置上，讓趙依依開車送他。

雖然在趙依依看來這沒什麼，順路上班同乘一輛而已，趙煒不是大男子主義，可心中總是隱隱約約有些東西在作怪，或許是路邊行人的目光，或是鄒舟說的那些話。

趙煒不可能把鄒舟所有的話語都當成胡言亂語，對於同趙依依一起生活的不適，到日漸的習慣，趙煒只用了很短的時間。

時間久了，習慣就成爲了自然，搭便車上班、下班都成了極其自然的事情，甚至連醫院裏的同事們都覺得，趙煒這位頂尖的外科醫生與榮光漂亮的女院長在一起是理所當然的。

醫院裏的患者漸漸增多，趙煒現在每天專注於手術，至於病例、手術總結等問題都留給了他的小徒弟曲琳。

其實這小徒弟如今已經可以獨當一面了，很多簡單的手術趙煒都是放手交給她來做的。

如果是在其他醫院，新人根本不可能有這樣的機會，老醫生也不會放權。

有些人有這樣一個習慣，師父都習慣留一手，不會把東西都教給徒弟，生怕徒弟搶了自己的飯碗。

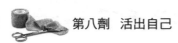

趙燁卻從來不在乎這個，曲琳要學什麼，趙燁就教給她什麼，趙燁不害怕她學到自己的東西。

其實趙燁也沒有什麼獨門秘笈可以學習的，在手術上，趙燁厲害的不是有什麼獨特的方法，他的厲害在於將簡單的細微操作做到盡善盡美，盡心盡力，僅此而已。

可是外界人士，甚至醫院裏大多數醫生都覺得趙燁是一個不可思議的人，覺得他有著讓人無法想像的能量，覺得他在手術台上無所不能。

手術本身就是一件很神秘的事情。

雖然事實已經證明這是科學，然而在大多數人眼中，手術還是很神秘。

趙燁年紀輕輕就被許多人稱爲神醫，這樣的年輕人讓許多人覺得神奇。

於是漸漸地，趙燁在大家的思想中變成了一個神秘的、無所不能的醫生。

這種神秘口口相傳，隨著時間的推移，榮光醫院的看病手術免費成爲了趙燁的功勞。

所以趙燁不僅僅是神醫，更是一位擁有一顆仁心的好醫生。

榮光醫院這尊小廟根本不可能容得下趙燁這尊大佛，事實上沿江市這樣的地方也不可能養得起什麼大醫生。

在國內，頂尖的醫生都集中在大城市，一點是國人的城市情結，似乎居住在大城市是很好的一件事，人人都喜歡去大城市，醫生也一樣。

另外一點是病患不喜歡也不信任小醫院，他們寧可花大錢去省裏最好的醫院看病，畢竟生病是一件大事，無論誰都馬虎不得。

趙燁不是什麼世外高人，沒想過什麼大隱隱於市那種東西，他在這裏工作，只是喜歡這樣的工作環境。

每個人都有自己的追求，多數人喜歡大城市的繁華，也有人喜歡小鎮的淡雅。

趙燁或許與大多數人不同，他不喜歡那種繁華，更不喜歡那種矚目，他要的是自由。

在趙燁的眼中，生活的好壞不在於物質的多少，重要的是高興。

每個人都有自己的活法，有錢也罷，沒錢也罷，名人也好，默默無聞也行，只要知足，他們就都是一樣的。

趙燁很喜歡現在的生活，雖然在榮光這個不大的醫院裏，少了很多挑戰，他很多東西都發揮不出來，但經歷過長天大學附屬醫院的鉤心鬥角之後，他更願意待在這裏。

現在他還年輕，還有很多時間，以後有很多機會讓他去發揮。趙燁並不覺得自己會被埋沒，起碼現在不覺得。

可是趙燁的小徒弟曲琳卻不這麼想，她整天都盼望著有大手術，這樣她就可以看到師父的精彩表演。

對於趙燁這位師父，她可是充滿了敬佩，她覺得自己很幸運跟著這樣一位老師。她一直看不懂趙燁，看不懂他的一切，最讓她看不懂的就是，趙燁爲什麼甘於在這裏當個小醫生。

趙燁甘於寂寞，對於她來說是好事，因爲如果趙燁不在這裏，她永遠不會擁有現在的機會。但同時對於她來說，又有些遺憾，小醫院永遠遇不到什麼大手術，於是曲琳每天都在夢想著，同時也在努力著讓趙燁遇到大手術。

機會似乎飄渺無際，可有的時候，這種飄渺無際的東西來得卻是很容易。

在榮光醫院的院長辦公室裏，趙依依收到了這樣的一個邀請。國內的醫學峰會，來自中華醫學會的邀請，其實這邀請不過是個禮貌，全國每個城市都有幾個名額。

畢竟地級市都有三甲醫院，而這些三甲醫院總有一些不錯的醫生。中華醫學會邀請這些醫院派代表參加，一方面是因爲不想錯過人才，另一方面也是面面俱到，免得有人說閒話。

原本這樣的邀請輪不到榮光醫院，可沿江市的醫生們多半聽說過趙燁，於是就在有限的名額中分了一個給趙燁。

往年沿江市參加這個峰會的醫生什麼樣，趙依依不清楚，此刻她想到的只有一件事。

這個邀請到底讓誰去？

趙燁似乎是不二的人選，可是榮光能離開趙燁嗎？

這峰會要一個多月。最後作爲院長的趙依依還是決定，趙燁必須去，她對趙燁有信心，趙燁從來都是一鳴驚人的傢伙，去參加峰會定然會光芒四射，到時候，榮光醫院的病人定會翻倍。

於是她決定跟趙燁談談，但是當她提出了這個問題的時候，趙燁的回答讓她很是意外。

「沒興趣，我這兩天正忙著整理江海留下的稿子。」

「不行，你一定要去，你要爲咱們醫院打響名聲！」趙依依不容置疑地說。

往年這些邀請都是被幾家人民醫院、中心醫院瓜分，如今卻給了榮光醫院一個名額，看似一個小小的名額，其實這其中蘊含著重大的意義。

第一人民醫院、中心醫院是沿江市地區最好的兩個大醫院，榮光不過是個民營小醫院，可在這事上卻能同大醫院平起平坐，這一點讓榮光人自豪無比，也讓許多民眾覺得榮光已經得到了承認，起碼可以跟中心醫院、第一人民醫院這樣的老牌醫院平起平坐了。然而許多業內人士對此卻嗤之以鼻，覺得這不過是運氣，或者只是給榮光一個面子而已。

畢竟榮光在沿江市的半價醫療深得民心，讓許多領導非常高興。

不論外人怎麼看，趙燁的想法都不會受到任何影響，就好像手術的時候，無論發生什麼事情都不能對他有絲毫影響一樣。

作爲一個醫生，趙燁將手術台上的嚴謹帶到了生活中，不被任何事情干擾，制定每一步計畫。

工作的輕鬆讓趙燁有了許多時間，可他並沒有閑下來，每天他都在忙碌著，這些天他正在整理江海留下的珍貴資料。

時間是擠出來的，趙燁格外珍惜，很少有年輕人像趙燁這樣。

趙燁的小徒弟曲琳甚至當著趙燁的面說道：「師父，我真懷疑你是不是老妖怪變成了年輕人模樣。」

「爲什麼這麼說？」趙燁放下手頭的工作問道。

「很簡單啊，年輕人哪有你這樣的？天天板著臉，難道做醫生就要這樣？」

趙燁下意識地摸了摸自己的臉龐，板著臉？趙燁從來沒這麼覺得，可是自從離開學校以後他的確很少開玩笑了，也許是醫生這個職業讓他變成這樣的吧。

「當醫生雖然要嚴肅點，可是對著好朋友，對著徒弟不用總是這樣吧！還有你太忙了，天天把自己關在辦公室，師父你這麼年輕，還有很多時間啊，這大好的青春年華怎麼能天天工作呢？」

曲琳叫趙燁師父，可實際上兩人更多的是朋友，差不多的年齡，同樣是大學畢業生，拋開醫術不論，兩個人應該很有共同語言。

「我都讓你說成什麼樣了，我真不知道你從哪裏看到我老了。」趙燁笑著說道。

「師父，其實我覺得你應該去參加那個峰會，最好是帶上我，您想啊，您這麼年輕，手術的能力比起那些老傢伙有過之而無不及，如果您去參加峰會，定然會大放異彩。」

「再說，我們在榮光這種小醫院挨了這麼久，實在太無聊了，難道不應該換個環境去看看麼？」

趙燁這才明白，這小徒弟原來是當說客的，勸自己去參加那個什麼醫學峰會，可是趙燁打心眼裏不想去參加那個峰會。

雖然他年輕，卻不是那種愛出風頭的人，再說趙燁很理智，他技術是不錯，然而天外有天人外有人，趙燁從來不覺得自己站在了巔峰。

巔峰上站的是李傑那流氓大叔，而趙燁算起來只是李傑心血來潮教出來的小徒弟而已。雖然有名師，趙燁也算是高徒，無奈時間太短，就算去了那個峰會，也不見得真的會一鳴驚人，這點自知之明趙燁還是有的。

另外趙燁不願意參加的原因，是這種峰會有點掛羊頭賣狗肉的意思。

趙燁不是沒聽說過中華醫學會的這個醫學峰會，全國範圍的醫學峰會三年一次，全國各大醫院的名醫、教授都會參加這個峰會，進行學術交流，臨床指導等等。

聽起來不錯，可他卻知道，沿江市這兩年去參加峰會的醫生，多半都是公費度假。

他們打著參加峰會的名義，實際上進行的就是一月遊。趙燁不想浪費時間，旅遊對他來說沒什麼吸引力，特別是這種變相的旅遊，根本就是社會上的一種畸形存在。

「這次峰會院長還沒決定，如果真的要去，我自然會帶上你，安心工作吧！」趙燁說完再次埋頭工作。

曲琳原以爲趙燁不願去，那麼別人逼他也沒用，心中還有些失落，可聽了趙燁的話以後她才明白，事情還有轉機，只是她不明白一向固執的師父怎麼突然變了。

其實趙燁轉變的原因很簡單，在剛剛的一瞬間他突然想起來，這是一次機會，或許可以把江海留下的東西再公佈出來一些。

上次公佈了江海的病毒抗癌就引起了轟動，如果再將其他的公佈出來，應該也會有不小的影響。

趙燁雖然這麼想，卻還沒有下定決心，可趙依依卻已經下了決心，非趙燁不可，野心勃勃的趙依依一直想將榮光醫院發展成爲沿江市最好的醫院，全國最頂尖的大醫院。

對於趙燁的醫術她很有信心，金子去哪裏都會發光，趙燁璀璨的光芒即使在峰會上也會讓人眩目。

在趙燁下班回家後，發現讓他頭疼的小丫頭鄒舟正如小貓一般窩在沙發上看電視。她見到趙燁進來，可憐兮兮的說道：「我挺趙依依姐姐，你要去參加什麼醫學峰會，機票都買好了！我也要跟你去，你也一定要帶著我是嗎？」

趙燁終於找到了說服自己的理由去參加那個峰會，他不是想去參加，只是不想在這裏被這位小魔女一般的鄒舟折磨而已……

飛機平穩地飛行在三萬英尺的高空，趙燁閉著眼睛儘量緩解疲憊，與他同行的是沿江市第一醫院與中心醫院的幾位醫生。

同趙燁的安靜不同，這幾位醫生明顯非常高興，醫生是沒有假期，也很少有業餘時間，一旦遇到緊急事件，他們更是二十四小時隨叫隨到。所以這次能光明正大地不用上班，大家都非常高興。

這幾位醫生的年紀都在四十歲左右，正是醫生的黃金年齡，年富力強，且經驗豐富。他們幾個在各自的醫院都算是頂尖的角色，可是在中華醫學會舉辦的這種全國規模的醫學峰會上，他們只是小人物。

小人物參加這種活動只是去看看而已，聽聽課，順便度假，所以他們在飛機上很是輕鬆，有說有笑的。

「小趙醫生，第一次參加這種活動吧！這次聽說可以見到很多名醫，還有很多知名教授要來做報告。到時候你不要緊張，跟著我們走便是，到了那邊也不要隨便發言，大家都是專家，萬一言語中有一丁點漏洞，可就不好看了。」下飛機前，坐在趙燁身邊的一位老醫生提醒道。

趙燁明白他的意思，就是告訴趙燁，這峰會只是個形式，來這裏就是旅遊來了，聽聽講座、報告，少說廢話。

來這裏趙燁可不想隨便浪費時間，旅遊，他沒有必要找這樣的藉口。趙燁所在的榮光醫院自由度很高，許多醫生都有輪休假期的。

這還是趙燁支持的改革。因爲在他看來，一個醫生如果太過疲勞，是無法治療疾病的。人畢竟不是機器，長時間工作會讓人疲勞，會讓人出現很多錯誤，而醫學則是不容許有一丁點錯誤的。

道理人人都知道，可是卻依舊對醫生進行無休止的壓榨。這其中的原因可就很多，多得說不清。就好像人人都知道貪官很多，但是就是抓不乾淨一樣。

下了飛機以後，一行人直接去了預定的酒店，這是舉辦方預定的，當然還是要自己出錢。

比起同行的大叔們，趙燁看起來更像一個上了年紀的人，下了飛機以後，那些大叔們就興高采烈地出去玩了，一個個活力四射得好像年輕了二十幾歲，而趙燁這個真正的年輕人，卻躲在酒店裏。

明天就是峰會，趙燁這種小地方來的醫生，在那些真正的專家教授眼中只是鄉下小醫生。

在酒店的大床上，閉著眼睛休息了許久，在趙燁昏昏欲睡的時候，一陣敲門聲驚醒了趙燁。

是個陌生人，趙燁從來沒見過，可他卻熱情地跟趙燁打著招呼，似乎是老朋友一般。

這讓趙燁有些摸不著頭腦，熱情如老朋友似的拜訪的人趙燁從來沒見過，可對方卻認識他，趙燁害怕因爲自己健忘而寒了對方的心，所以沒有直接提出關於對方身分的問題。

一直到最後離去，對方才做了自我介紹，白求恩，醫科大學的教授，當趙燁還在仔細回想自己到底什麼時候認識過這個人時，那人已經匆匆告別了，只給趙燁留下一些禮物。

在趙燁還沒有回過味來時，又一位拜訪者登門。

之後拜訪者一個接著一個，他們有個共同的特點，都是成名已久的老醫生或學者，來看趙燁都很熱情，似乎是看著一位自家的晚輩。

他們來去匆匆，跑這裏來留下一些禮物就離開了，這讓趙燁徹底迷糊了，他實在不明白他們爲什麼會來看自己。

迷惑一直持續到晚上，最後來趙燁房間的是那幾位同行的醫生。剛剛在門外，他們就一臉震驚地發現某位知名教授從趙燁的房間裏走出來，然後他們又發現原來不止是一個教授，來來往往多是名醫教授出入趙燁的房間。

等晚上拜訪者漸漸少了以後，他們才敢去趙燁那裏採一探虛實，可惜的是趙燁也不知道具體情況。

這幾位在沿江市頗有名氣的醫生，看著趙燁房間裏堆積如小山一般的禮物，心中不由得泛起一陣異樣的感覺。

這算什麼事？默默無聞的小醫生竟然如此被重視，那麼多教授、學者平時見都見不到的，今天卻都來到這位小同行的房間裏。

根據多年來的社會經驗，他們看得出這位小同行絕對不是一般人，因爲那些人來這裏都不是空手來的，或多或少都帶著禮物。

或許禮物並不貴重，但在醫療界，這些人都是頂尖人士，他們的禮物無論值多少錢，能來這裏本身就是極其貴重的。

任何一個醫生能夠得到這些知名專家、教授的禮物，都是一種很榮耀的事情，回到醫院都可以變成吹噓、炫耀的資本。

如今趙燁的房間裏禮物堆積如山，拜訪他的人絡繹不絕，這讓幾位沿江市的同行羨慕不已。

趙燁看著這幾位同行，只得抱歉地說了句：我也不知道爲什麼。

這是實話，卻沒法讓人相信。

趙燁覺得自己就好像金老先生筆下的令狐大師兄，一路上遇到無數送禮的貴人，爽是爽了，可更多的是不安，以及同行的嫉妒和不快。

令狐大公子有個盈盈小姐在背後保駕護航，本身有獨孤九劍傍身，那自己呢？趙燁無奈的笑了笑。

趙燁很清楚自己不過是個小醫生，這群人無論如何也不會認識自己。他們知道自己的名字肯定是通過某種管道。

當然趙燁也是在全世界頂尖的自然科學雜誌上發表過文章的，但那文章用的是江海的名義。

趙燁的名字從來沒有在這個世界上被傳頌過，趙燁還是個小醫生，很普通的小醫生。

如果趙燁是令狐沖，那麼誰是趙燁背後的那個人呢？

趙燁想了許久，只有一個名字，那就是李傑。

第九劑

引誘愛滋病病毒

螢幕上的標題很簡單：愛滋病的治療方法。中英雙語，醫生們當然看得懂這標題，無論英文還是中文。

愛滋病是比癌症更加難以攻克的頑疾，目前幾乎沒有什麼好辦法治療，雖然明白它的作用機理，可是依舊沒有辦法進行治療。

就好像很多科學原理都很簡單，可是應用起來卻不容易一樣。

愛滋病在全球施虐很多年，可一直沒有什麼好辦法。如果誰敢說自己能夠治療愛滋病，絕大多數人都不會相信這是真的。

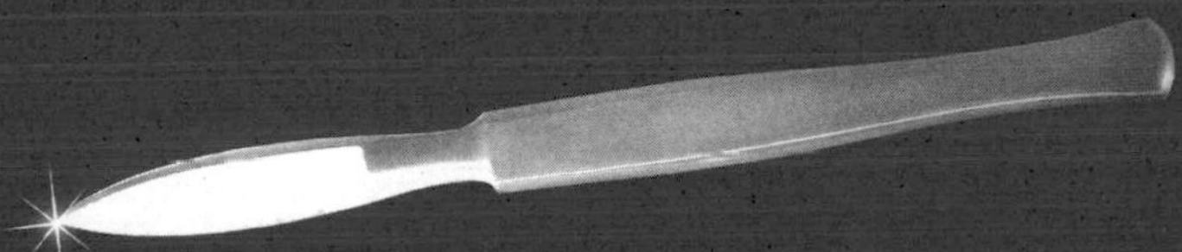

永遠帶著猥瑣笑容的變態大叔李傑是趙燁走入醫學殿堂的領路人，他給了趙燁很多東西，當然這對李傑來說算不上什麼，他在國內醫療界的地位並不是表面上那麼簡單，在他身後有無窮無盡的能量。

他一句話就能讓一位醫生身價百倍，也可以隨便將一個成名已久的醫生萬劫不復。他是個神醫，他在醫療界可以翻手爲雲覆手爲雨。

也只有這樣的人物，才能讓如此多的專家教授們注意到趙燁這個小人物。

趙燁有些無奈地笑了笑，看著平時不怎麼瞧得起自己的同行，說了聲抱歉。送走他們以後，趙燁便掏出了手機。

李傑的手機總是換號碼，因爲他討厭別人打擾他。

可他有個習慣，無論用什麼號碼，總是會事先通知趙燁，趙燁或許覺得這很平常，但熟悉李傑的人都知道，這位國內醫療界頂尖的人物，對這個小徒弟是多麼重視。

電話很快接通了，趙燁聽到了那熟悉而粗獷的聲音，同時還有他身邊鶯鶯燕燕的聲音。很明顯這變態大叔又在享受他的夜生活。

「趙燁啊？現在我正忙著，你有什麼事情？要不要過來一起玩……」李傑隨後說出了一個地址。

趙燁雖然第一次來這裏，卻也知道那家知名的酒吧。

「大叔，今天好多人來拜訪我，我想知道這是怎麼回事！」趙燁完全無視李傑的邀請，他不喜歡酒吧那種地方。

「年輕人嘛，有點名聲是應該的，準備好吧，大家對你的期望很高，我也是，過兩天會給你個機會。」

趙燁握著電話很長時間才放下，即使那邊李傑已經掛了電話。李傑口中的機會趙燁明白其中的意思，他吃驚的同時也有些惱怒，這李傑實在太隨便了，竟然不跟他商量一下。

這機會把握好了，可以一飛沖天；把握不好，或許就會墮入地獄！

機會是柄雙刃劍，李傑動用了自己的全部能量，給趙燁這個冉冉升起的新星一個機會。當然，如果趙燁不行，機會對於他來說就是災難。李傑給趙燁的機會很簡單，一台公開的手術，一場公開的報告。

趙燁很清楚李傑想的什麼，趙燁剛開始有些惱怒，這位大叔竟然也沒有事先跟他商量一下，直接做出了這樣的決定。

要知道在國家級別的醫學峰會上，能夠上台做報告已經是很榮幸的事情。

這種機會不是人人都有的，很多知名的學者教授一輩子或許都沒有這樣的機會。

絕大多數的人也不會奢求這樣的機會，因爲人人都知道，即使有這樣的機會上台演講，他們也不會得到什麼，因爲他們根本拿不出什麼東西來。

醫學是一個很嚴謹的學科，醫學也是一個發展並不快速的學科，想要在醫學上有所突破，很是困難。

要知道在所有科目的博士生中，醫學博士是最難畢業的。

因爲那論文實在不是一般人能夠寫出來的。

醫生難當，名醫更是難當，多半醫生成名的時候已經四十多歲，人生中最好的青春年華早已不復存在。

趙燁或許是一個另類，年紀輕輕就取得了很多人一輩子都無法得到的成就，眼前更是有機會踏入巔峰，走在醫學領域的最前面，站在醫學金字塔的最頂峰，俯瞰眾生。

這是一個讓人羨慕，眼紅的機會，更是一個有可能讓人墮落深淵的機會。當趙燁與李傑通完電話以後，趙燁在房間裏足足呆了半個小時。

「要拿什麼來一鳴驚人？」趙燁思考著。

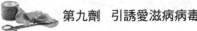

如果別人要在這個峰會上演講，或許要準備一年或許更久，而趙燁在來的前一天還沒決定是不是要參加這個峰會，可現在卻要馬上準備一份資料做報告。

趙燁最拿得出手的無非是那份癌症治療研究，可那畢竟是冷飯，炒冷飯實在沒什麼意思。

一輩子只搞一項研究，跟三流歌星一輩子只唱一首歌一樣，都是很悲哀的事情。

趙燁的人生拒絕悲劇，所以他不會偷懶去炒冷飯，雖然很多人都覺得趙燁完全可以靠著這個研究風光地過一輩子。

坐在床邊發呆的趙燁陷入了深思，他在考慮如何來做這個報告，他不斷地搜尋記憶裏的知識，努力想找到一個最合適最完美的方法。

趙燁的恩師李傑此刻正在酒吧中盡情玩樂，他喜歡這樣的生活。

李傑出來玩從來都不會孤身一人。他總是覺得獨樂樂不如眾樂樂，所以他出來玩總是帶著一群朋友。

李傑的朋友三教九流，什麼樣的人物都有。他今天身邊的朋友都是一群年紀跟他差不多大的人。這個年齡的人似乎都不應該跟他一樣，在酒吧裏縱情歡愉。特別是這幾位都是很有身分的人。

如果醫生來到這裏或許會高聲驚呼，這不是XX教授，XX醫生嗎？

醫生也是人，即使面對再多的死亡，治癒再多的病人，他還是個普通人。

醫生的生活總還會跟普通人一樣，偶爾會出來喝酒減壓，偶爾會荒唐的縱情歡愉一番。

觥籌交錯間，李傑接到了趙燁的電話，這讓氣氛有些變化，另一位醫生似乎想起了什麼，有些擔憂地說道：「可以嗎？你那位小徒弟我今天白天見了，很有意思的一位年輕人。正如你所說，前途無量，可是你這麼逼他，難道不怕揠苗助長，反而害了他？」

其他醫生也點了點頭，同意這位同伴的建議，甚至還有人說：「這個世界上天才不少，比你徒弟更天才的人也有很多，可是這麼年輕，又沒有準備就讓他上台，他恐怕會讓你失望。」

李傑微笑著，一口將眼前的酒乾掉，很隨意地摸了下嘴巴，淡淡地說道：「我這個徒弟我很瞭解，趙燁是個很特殊的孩子，這孩子，給他個機會，他便會還給我們一個奇蹟。你們永遠不會知道這小子有多麼神奇，我也不知道，他總有一張我們看不見的底牌。我猜他現在一定很苦惱，苦惱過幾天到底要拿出點什麼東西來，不過你們不要誤會，我說的苦惱不是因爲他沒有什麼東西拿出來，而是到底拿什麼東西公佈出來才有最好的效果。」

在座的人都是醫療界赫赫有名的人物，聽李傑如此毫不掩飾地誇獎自己的徒弟，絲毫沒有懷疑，都是滿臉震驚。

李傑沒有必要說謊，更沒有理由說謊，白天他們見過那年輕人，就是因爲李傑的安排，大家都想看看這個剛剛畢業就要在如此重大的場合做報告的年輕人。

其實很多人都覺得趙燁平平無奇，根本看不出他有李傑說得那麼厲害。只是他們當著李傑的面不敢說出來罷了。

李傑瞇著眼睛端起酒杯說道：「來來來，先不討論這個，怎麼能讓這種小事破壞了我們喝酒的氣氛呢？」

在李傑心中，醫學峰會不過是小事，喝酒才是大事。

在座的眾人早已經習慣了李傑的脾氣。

李傑作爲醫生並不是如他穿的一般邋遢，雖然他總是一副漠不關心的樣子，可實際上是因爲李傑成竹在胸。

每次人們都懷疑李傑是不是真的能成功，可每次人們都會吃驚地看著這個猥瑣邋遢的中年男人一次又一次震驚世人。

如今輪到了他的徒弟，他徒弟是不是也跟這個醫聖一樣變態？

酒店裏的趙燁，做夢也想不到李傑竟然如此瞭解自己，此刻他不知道在哪裏找到一塊小黑板，上面寫滿了字。

「到底選哪一個項目好呢？」趙燁摸著下巴，猶豫著說道。

今天是峰會第一天，安排了一些領導講話，這種漫長的，讓人發瘋的講話持續了很久，讓人昏昏欲睡，可卻沒有人敢睡覺。

幾個老外顯然不瞭解中國的情況，茫然地看著這一切，不知道過了多久，台上突然出現了一個面孔有些稚嫩的年輕人，看樣子二十歲上下，雖然年輕卻毫無恐懼，一步步走到台子中央，簡單地調試了一下早已經準備好的資料。

這年輕人引起了全場騷動，因爲人人都聽說了醫聖李傑的小徒弟要在這個峰會上發表演講。

眼前的年輕人顯然就是李傑的徒弟，人們在台下竊竊私語，就連幾個老外都不明白，這位年輕人上台做什麼，甚至有人以爲他只是個工作人員幫忙調試設備的。

然而很快他們就發現自己錯了，台下竊竊私語的觀眾也都安靜下來，特別是那幾個跟趙燁一起來的醫生。

趙燁的榮光醫院在他們眼中不過是個三流小醫院，趙燁即使在那個醫院出名，也只是個小醫院的名醫，比起他們所在的三甲醫院根本算不上什麼。

可今天趙燁卻登台演講，這讓他們無比震驚，更讓他們不敢相信的是，趙燁身後的大螢幕。

螢幕上的標題很是簡單：愛滋病的治療方法。中英雙語，醫生們當然看得懂這標題，無論英文還是中文。

愛滋病是比癌症更加難以攻克的頑疾，目前幾乎沒有什麼好辦法治療，雖然明白它的作用機理，可是依舊沒有辦法進行治療。

就好像很多科學原理都很簡單，可是應用起來卻不容易一樣。

愛滋病在全球施虐很多年，可一直沒有什麼好辦法。如果誰敢說自己能夠治療愛滋病，絕大多數人都不會相信這是真的。

當趙燁掛出這樣的題目時，多數人都傻了，如果趙燁不是李傑的徒弟，恐怕早就被趕下台了，這種報告多半是假的，或經不起推敲的東西。

學術造假在這個社會已經不是什麼新鮮事了，趙燁是不是造假，誰也說不清楚，畢竟他還沒有說出具體的思路。

台下的人在一片寂靜後，又開始了陣陣騷動，無論趙燁的報告是否可行，這都是一個重磅炸彈。

如果趙燁能成功，那無疑是全世界醫療界最大的炸彈，如果他是在造假，那麼作爲李傑的徒弟，不僅是他自己，包括李傑都將結束醫生的職業生涯。

坐在台下的李傑保持著鎮靜，可內心卻掀起了驚濤駭浪，他從來沒想到趙燁竟然上台就拿出了最讓人不敢相信的東西。

愛滋病病毒的英文縮寫爲ＨＩＶ，由於它附在免疫細胞——Ｔ細胞的表面蛋白質上不斷感染、增殖，致使人體免疫細胞死亡而產生愛滋病。

在目前看來這是不可治癒的，李傑也是這麼想的，他不知道趙燁有什麼辦法，坐在他身邊的醫生開始小聲地詢問他。

李傑並不答話只是微笑，似乎對趙燁的演講內容早就知道，可實際上在他微笑的面容下，也是無比震撼，他知道趙燁會給他一個驚喜，卻不知道會是這麼大的驚喜。

「設一個陷阱，將愛滋病病毒引誘進來。」當趙燁提出這點時，全場靜默了。

隨後又開始竊竊私語，趙燁這個天馬行空的想法讓在座的醫生們看到了新的天地。

在座的聽眾無論哪一個拿出去都是頂尖的醫生，都是所在醫院的代表醫生，雖然分科不同，有很多是外科醫生，但不代表他們不知道這種疾病。

趙燁站在台上漸漸進入了狀態，再也沒有開始時的緊張，即使面對著全國的專家，面對著外國的考察團。

「方法其實很簡單！」

趙燁想抓住這次機會，他並不是一點野心沒有，他也想成名，也想成爲萬眾矚目的焦點，也想成爲名醫。

趙燁有一顆悲天憫人的心，可他卻不是什麼聖人，只能算是一個好人，不希望見到病人死亡，看不慣患者被病痛折磨。

在治病救人的同時，趙燁也想要一些回報，所以今天他鼓起勇氣選擇了這個題目。

這題目趙燁研究了很久，當然靈感來自江海留下的資料。

沒有江海留下的資料，趙燁不可能發現這些，不過如果這資料給了別人，也不可能被應用到愛滋病上。

所以說趙燁剽竊江海的遺產也不確切，趙燁只是在發展。

趙燁選擇這個題目還有另一個目的，那就是把江海的醫學研究遺產捐獻給國家。

趙燁可以在這裏發現愛滋病的治療方法，那麼其他人應該也可以發現其他疾病的治療方法。

江海的遺產不應該只屬於趙燁，而應該屬於全世界。

「眾所周知，愛滋病病毒破壞人體的免疫系統，使人體喪失抵抗各種疾病的能力。感染愛滋病病毒的患者，免疫功能受到病毒的破壞，以致於不能維持最基本的抗病能力，最終發展為愛滋病病人，隨著人體免疫力的降低，人會越來越頻繁地感染上各種致病微生物，而且感染的程度也會變得越來越嚴重，最終因各種複合感染導致死亡。」

趙燁再次重複了愛滋病的原理，然後繼續說道：「我的辦法就是設置一個陷阱，在人體內注入一種藥劑，這種藥劑進入人體後，擁有同免疫細胞相同的特性，可以與愛滋病病毒結合，從而讓愛滋病病毒不破壞免疫細胞，而來破壞我們注入的這種藥物。」

趙燁說得很簡單，聽眾們也開始明白這個辦法，不等他們發問，趙燁調整身後的幻燈片，開始講解具體辦法。

「ＨＩＶ進入人體後，會有選擇性地侵犯有ＣＤ４受體的淋巴細胞，而我們注入的這種藥劑，具有一種特性，使得ＨＩＶ病毒更願意侵犯我們注入的藥劑，而不是有ＣＤ４受體的淋巴細胞。簡單地說，我們注入的這種藥劑，比有ＣＤ４體的淋巴細胞更加受ＨＩＶ的歡迎，這種藥劑取之於一種中藥……」

趙燁的話猶如一柄大錘，每一句都在考驗在座專家的心臟，趙燁的方法新奇獨特，讓人無法相信這是一個二十出頭的年輕人的研究。

這個研究如果成功，真正投放市場，那麼全世界會有多少人被救治？

每年死在愛滋病上的人數非常驚人，趙燁這一研究不知道能拯救多少人。

當然這藥物會給趙燁帶來很多，名望、地位、金錢。

會場內的專家學者們，再也沒有人敢小看趙燁，不管趙燁的演講如何，起碼他這個治療方法讓人敬佩。

然而有些人對趙燁依舊懷疑，因爲中藥一直是很縹緲的東西，中醫博大精深，理論體系完全不融於現代醫學理論。

然而趙燁提出中藥並不是什麼托詞，而是真正的原因，趙燁從一則古代藥方上發現了這個中藥。

這藥物很稀少，成份也不爲人所知。但是趙燁卻注意到了這藥物，研究之後，趙燁發現其治療HIV的特點，所以今天公佈了出來。

其實趙燁完全可以不提這個藥物，直接將其有效成分公佈出來，但是趙燁畢竟是中國人，對於中醫有著自己的感情，所以他要提出這個中藥。他要告訴全世界，中醫中藥是一座巨大的寶庫，五千年的沉澱不是一朝一夕就能下定論的，中醫並不是糟粕！

中醫的抗愛滋病藥物雖然只是個雛形，卻已經震驚了整個醫學界，趙燁的報告剛結束，這個消息就傳遍了整個世界。

人們曾經對愛滋病的治療寄希望於疫苗，然而基於愛滋病病毒的複雜變異性，疫苗不可能研製成功。

二十多年來，研究愛滋病病毒在國外進行得轟轟烈烈，然而真正取得突破的卻是在遙遠的東方國度，並且真正幫助研究取得突破的竟然是中醫。

趙燁的研究並沒有在臨床上進行大規模驗證，但是實驗室研究已經證明了趙燁研究的可行性，幾乎沒有人懷疑他會成功。

這研究還需要進行人規模的實驗，需要在全世界找無數的志願者，這是一個漫長的過程。

醫學峰會的安排其實是經過仔細設計的，趙燁能上台完全是李傑的面子，沒有人覺得他會有什麼驚人的研究，所以把他放在第一個。

真正的好戲都放在後頭，可誰都沒想到，趙燁的研究讓後面那些重磅選手黯然失色。什麼壓軸戲在此刻都變得無用，趙燁才是這個醫學峰會的主角，無論人們是不是願意承認，他的確是這個夜晚最耀眼的明星，更是全世界醫療界最耀眼的明星。

愛滋病這個多少人的噩夢從此有可能被終結，被一個神秘的東方小子終結。

在場的幾位外國人幾乎不能相信眼前的事實，在第一時間，他們就將資訊傳遞給了各國的公司。

情報很簡單，得到的答覆更簡單，買下他的專利。

國外的公司很實際，既然有經濟利益，那麼就買下他的專利。

派來中國參加醫學峰會的外國人都是醫療方面的專家，他們來中國的目的就是挖牆腳。無論發達國家還是發展中國家，醫生總是欠缺的，當然這裏說的是好醫生，好醫生不僅僅是醫術高明，更是醫德過關。

崇洋媚外的人很多，在醫生隊伍裏也不少，當然醫生出國更多的是看好了國外的待遇。所以這些人出手每每無往不利，幾乎從來不需要耗費什麼工夫，當他們得到公司的指令時，沒有人覺得趙燁會拒絕，人都是自私的，只要有足夠的利益，一切都不是那麼重要了。

趙燁做完報告後，台下沉寂了許久才暴出熱烈的掌聲，每個人都有不同的表情，其中最高興的當然是李傑，這個徒弟的確給他長臉，所以大家都在恭賀李傑，恭賀他收下了這麼好的一個徒弟。

表情最怪異的絕對是那幾個同趙燁一起來旅遊的醫生，他們沒想到小小的榮光醫院竟然會出現這麼厲害的醫生。

在沿江市愛滋病病人都沒有幾個，趙燁這人是如何想到把研究方向放在愛滋病上的？不管別人怎麼想，趙燁很平靜地走下講台，他還是那個趙燁，年輕而富有活力，喜歡開玩笑，喜歡作弄人的趙燁。

或許人們看他的眼光不同了，可趙燁從來不會迷失自我，即使面對幾位不相識的外國人的誘惑。

「你好，我是XX藥業公司的發展部經理，我們公司對你的研究很有興趣，我希望能與您談談。趙燁先生您應該知道，我們不是那些三流小公司能夠比擬的，您的這個研究只有在我們公司才能得到最大的效益。」

XX公司是全世界最頂尖的公司，許多藥物都由這家公司壟斷，因此這位經理說出這話並不是吹噓，其語氣中隱約的自豪感也不是完全沒有根據的。

如果他面對的不是趙燁，是另一位年少成名的人，或許對方會欣喜若狂。國人延續了一代又一代的出國夢從來沒有停止過，國外的高福利、高工資吸引著絕大多數人。

「對不起，我想我還沒有準備好進入貴公司！」趙燁很有禮貌地拒絕了對方的邀請。

那外國人似乎沒聽清楚趙燁的話，又或者沒理解趙燁委婉的拒絕裏有著怎樣的堅定，他以為趙燁太過年輕，沒有真正瞭解自己話裏的含義。

「我想您可以知道一下我們公司願意提供給您的待遇，我們可以給您一些股份，獨立的研究室，幫助您取得一所大學教授的資格……」

在這老外侃侃而談的時候，趙燁卻已經消失不見了。

這個號稱中國通的老外怎麼也想不到，這位年紀輕輕的中國醫生竟然與其他醫生如此不同，面對超高的薪水竟然絲毫不為所動。當然，如果他知道趙燁的資產上億，那抗癌藥物每年分得的利潤也頗為壯觀，或許他根本不會來挖牆腳……

如今的趙燁在醫療界名聲大振，可他依舊把自己當成小醫生，跟在李傑身後，扮演著小徒弟。

第十劑

鏡面人手術

此刻出現在趙燁面前的病人是一個很特殊的「鏡面人」。
這個病人內臟完全長反了，就像我們照鏡子，左右是反的，因此也稱這些人為「鏡面人」。
「鏡面人」因基因突變而生，病率在百萬分之一。
這個鏡面人面色蒼白，氣血失調，趙燁只是簡單地觀察了一下就知道這個病人應該是心臟方面的疾病。
心臟大血管方面的手術是趙燁的長項，面對這樣一個特殊的病例，趙燁十分緊張。

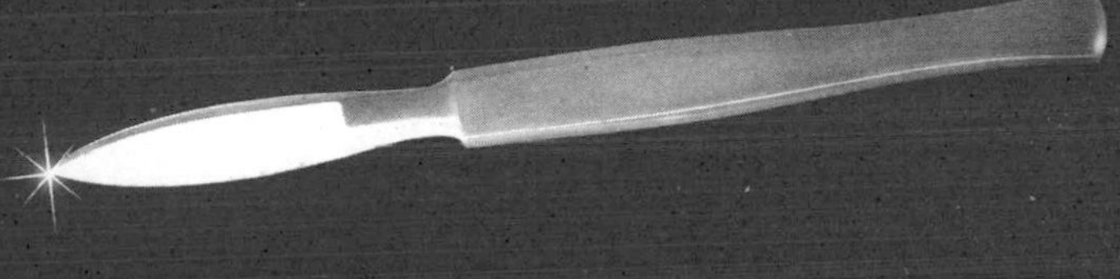

二
職人面貌

「感覺怎麼樣？被萬眾矚目的感覺。」李傑笑呵呵地對徒弟說。

「還可以，只是麻煩多了點。」趙燁苦笑道。

「老外來挖你了吧，怎麼不想出國看看？」

「出國？我還沒想過，不過就算出去也不會以那種方式，我可以自己去！」趙燁搖了搖頭說道。

「好吧，跟我走，有一台手術我想你一定感興趣，然後我們再討論其他的！」李傑拍了拍趙燁的肩膀說道。

「手術？大叔，你不是還準備讓我上手術吧？」

「沒錯，我還準備讓你出國呢！」

作為一個外科醫生最關心的當然是手術，至於研究藥物，研究治療方法都是歪門邪道，起碼趙燁是這麼想的，他一直想要的就是一台手術。

李傑當然也是這麼想的，這一老一少師徒二人有著驚人的相似。

李傑的病人永遠都不是普通病人，到了李傑這個層次，很少會有普通病人來麻煩他，能夠送到李傑手裏的，基本都是經過層層篩選，多半醫生都治不好的病人。

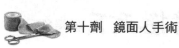

此刻出現在趙燁面前的病人是一個很特殊的「鏡面人」。

這個病人內臟完全長反了，就像我們照鏡子，左右是反的，因此也稱這些人為「鏡面人」。

「鏡面人」因基因突變而生，病率在百萬分之一。

這個鏡面人面色蒼白，氣血失調，趙燁只是簡單地觀察了一下，就知道這個病人應該是心臟方面的疾病。

心臟大血管方面的手術是趙燁的長項，面對這樣一個特殊的病例，趙燁很緊張。

鏡面人是很少見的病例，這個鏡面人患者年紀很小，不過六七歲的樣子，但因為疾病的原因，他發育很差，看起來只有五歲大小。

此刻他很痛苦，雖然小小年紀卻表現出一副堅強的樣子，或許是病痛的折磨讓這孩子早熟吧。

患兒的母親緊張地看著李傑，她當然不認識李傑這位大名鼎鼎的醫聖，只是看著李傑的邋遢模樣有些擔心。

「鏡面人？」趙燁只看了一眼胸片，淡淡地問道。

「嗯！」李傑的回答更簡單。

「這是你爲我準備的公開手術？」

「是的，心臟手術，舉世矚目的大血管置換，並且是鏡面人，整個手術涉及心臟外科、顯微外科、小兒外科，別告訴我你不行。」

趙燁撇了撇嘴，「你要是擔心我不行，會給我安排這手術？」

「那當然，我李傑的徒弟有什麼不行呢？」李傑得意地狂笑著。

「不過話說回來，這是手術，不能和報告一樣倉促，我需要一段時間觀察，還需要瞭解病情。」

李傑點了點頭表示同意，在他看來，趙燁這樣小心謹慎是對的，畢竟人命關天，這是手術，不是兒戲。

在最先進的隔音玻璃觀摩手術台，足足可以容納兩百人，加上先進的直播技術，即使距離很遠，也能通過攝影機觀察到手術室內主刀醫生的一舉一動。

敢在這裏做手術的無一不是頂尖的醫生，或名震一方的名醫，或桃李滿天下的教授。在手術方面專家實在太多了，敢在這裏做公開手術的必定是很厲害的傢伙。

所謂的公開手術，其實可以理解爲教學手術。

在這裏公開展示研究成果，開始的報告是研究成果，而現在的手術則是臨床技能的創新。

實驗室的研究與臨床上的研究相輔相成，不能說哪個更高明一些，但是很多醫生更加喜歡臨床上的工作，畢竟這個更貼近大眾，更符合人們心目中醫生的形象。

所以很多人都覺得，這手術台才真正是臥虎藏龍的地方。

在醫學峰會第一天的震撼後，許多人漸漸回過神來，開始關注公開的臨床手術。

臨床手術的方法多年以來駐足不前，所有的改進多半都是小小的進步。

可是僅僅是一點小進步也足夠讓人欣喜，畢竟發展了長達百年。

於是這些天，人們津津樂道於手術台上的進步，醫生們習慣了每天觀看那些大師們的公開手術。

「咦？這醫生看起來好眼熟，好年輕啊！」一位觀摩手術的中年人說道。

「快看這病人，鏡面人！百萬分之一的鏡面人，我的天啊，他的心臟真的長在了右邊！」

「我想起來了，這主刀醫生不就是那個愛滋病陷阱醫生嗎？」

無影燈下的趙燁永遠是那麼專注，他的雙手猶如機械般精密，似乎永遠都不會犯錯誤。手術刀在皮膚上留下淡淡的血痕，皮膚隨著手術刀地劃過，伴著點點嫣紅滲出來。誤差不超過一毫米，完美的一刀！

趙燁用刀已經到了極致，在手術中，趙燁最完美的往往是開頭，並不是說最後會變得馬虎，只是他的手術開頭太過完美，特別是切開皮膚的那一刀，完美到毫無瑕疵。

手術過程很長，趙燁完美的開端給了人們太多期待，所有觀摩手術的人都覺得眼前這位主刀醫生實力驚人，然而人們卻怎麼也想不出來，哪家醫院有這樣一位陌生的年輕人，擁有如此精湛的技術，特別是那第一刀堪稱完美，神乎其技。

那位醫生驚叫出鏡面人以後，再次呼出愛滋病陷阱醫生，讓趙燁的大名遠播，趙燁的愛滋病陷阱給人留下了太深刻的印象。

沒有人能想到這稚嫩的年輕人會有如此老練的一手。其實很多人都覺得，趙燁的研究報告很可能是李傑的，因爲趙燁年輕，也因爲這研究太過驚人，沒有人願意相信這是趙燁的研究。

當然這群人並沒有深入考慮，李傑爲什麼會把這東西給趙燁，就算是父子恐怕也不會做出這樣事情。

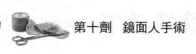

相信趙燁有實力的人不多，相信趙燁獨立完成那報告的人更是幾乎沒有，就算是李傑也在懷疑，趙燁是不是用了江海研究的遺產，又或是柳青未完成的研究。

不管人們是怎樣揣測的，如今在手術台上的趙燁是最真實的，穩健、細心、富有激情與活力。

手術刀、縫合線、鑷子、鉗子等手術器械變魔術般在趙燁手裏輪換著，觀摩的醫生已經看呆了。

這是一台手術嗎？

完全是一場魔術，一場表演。

他們從來沒見過如此流暢，如此有節奏的手術。

更沒有看過，在一個鏡面人小孩身體上手術，也可以毫無顧忌，沒有任何影響地手術。

要知道鏡面人的內臟是反的，對於熟悉人體結構的醫生來說，相反的結構會讓人很不適應，手術中會耽誤很多時間。

在心臟手術這樣原本就對時間有嚴格要求的手術，鏡面人的手術非常困難。

這孩子如果不是鏡面人，這手術或許會簡單很多，可他百萬分之一的特殊性，讓這手術困難了一倍不止。

其次是他的身體幼小，畢竟只是個小孩，身體沒有發育成熟，胸腔過小，心臟也過小。手術的時候要非常小心，比起成人的心臟還要小心幾倍，操作起來也更加困難。

可這一切對於趙燁來說，似乎是家常便飯般的簡單，整個動作行雲流水，速度遠遠超過了人們的想像。

「這血管置換也太隨意了，我都沒看清就完成了。」一位觀摩醫生嘴巴張得老大，一臉的不敢想像。

「天降奇才，這人的確強大得超出了想像，我都懷疑他是不是隱瞞了真實的年齡，或者他根本就是一個老怪物，經過整容變成了年輕人。」一位想像力過於豐富的醫生說道。

「奇怪啊，他這個手術方法從來沒見過，他這是什麼方法，爲什麼要這麼做呢？」

手術方法的創新需要很多年時間，因爲這東西關係到人命，也因爲這東西發展了太多年，已經接近成熟。

可是醫生多半都是眼高於頂，他們總是想創新，特別是李傑這等醫生，在達到巔峰以後，每天想的就是創新。

於是趙燁學習到了很多新的東西，但是趙燁比起他的師父，李傑、柳青、江海這幾位大名醫更加變態。

趙燁喜歡創新，不是小小的改動，而是將整個手術推翻完全創新，當然這種有些大膽，有些不切合實際的創新，有時候還真能起到特別的效果。

這次手術就是這樣，趙燁的完全創新在手術中起到了驚人的效果，完全顛覆了以往的手術方式，讓這些來自全國的醫生如癡如醉。

醫生們已經知道了趙燁這個名字，更在腦海中留下了深刻的印象，年紀輕輕卻有著不可思議的技術。

李傑的徒弟，卻沒有多少李傑的烙印，如果硬要扯上點關係，那麼他跟李傑唯一的相同點就是，年輕的時候都強大得變態，只是趙燁似乎更強一點。

也許現在的趙燁在手術台上還不如他的老師，可沒有人會覺得趙燁在將來會比李傑差。號稱醫聖的李傑是國內醫療界的一面旗幟，從今天以後，趙燁的旗幟也會豎立起來，緊緊地跟在李傑身後，甚至並駕齊驅。

趙燁的良好表現讓很多人高興，也有很多人不敢相信，還有些人因此而尷尬，與趙燁同行的幾位中年醫生，本來是打算度假的。

可是因為趙燁的橫空出世，讓他們變得神經起來，再不敢偷懶渡假，只能老老實實地聽報告，觀摩手術，儼然變成了二十年前的好學生。

每天他們都面帶微笑，可心裏卻在惡毒地咒罵趙煒，這小混蛋毀了他們的假期。

可是他們只能微笑，面對一個又一個問題。

「哎喲，聽說你們是跟趙煒一起的，真佩服你們能跟這樣厲害的人物一起工作，我有些問題想要請教一下……」一位老教授問道。

平時這幾個人見到這樣的老教授都要恭恭敬敬的，可誰知道現在這老教授竟然不恥下問，詢問他們關於愛滋病的問題，當然是跟趙煒論文有關的。

這幾個人不好拒絕，卻又說不出什麼來。

氣氛尷尬，幾個人微微一笑，使出最古老的尿遁法，逃到了廁所。

只是這尿遁太過明顯，太過整齊了，因爲幾個人都跑到了廁所裏，許久之後才發現問題。

「你怎麼也在廁所裏？」

「我大號啊！」

「我小號。」

「我一起來……」

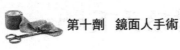

老教授的問題很多，他不是笨人，已經猜出眼前的幾個人給不出答案，於是他決定去問趙燁。

慢慢地走到趙燁房門口，正待他要敲門的時候，老教授聽到屋內一陣嘈雜，聽起來似乎有人在吵架，不過仔細一聽，似乎是很多人在討論什麼。

教授十分好奇，他準備敲門，門卻自己開了，一個陌生人熱情地邀請老教授進屋。

屋子裏面坐滿了人，因爲擁擠，甚至有人坐在了地上。

對此沒有人在意，即使他們在自己的醫院裏都是名震一方的醫生。

可是面對趙燁，面對這個最有可能攻克愛滋病的年輕人，這點事情算不了什麼。

「趙醫生，我想知道您這研究到底是怎麼做出來的？」

「對啊，還有一些問題，我都想知道！」

……

人們又開始七嘴八舌地問起來，沒有人在乎這位剛剛進來的老教授，不過蒼老而虛弱的他還是得到了一位年輕後輩的讓座。

沙發很軟很舒服，只是他現在根本沒有這種心思，他下了大決心不恥下問來到這裏，爲的就是想知道一些答案。

可現在呢？這裏人太多了，趙燁又一臉的疲憊，似乎很不高興有人打擾，這一屋子人的確有些煩人。

趙燁看了看周圍的老醫生們，說出了心中藏匿許久的話。

「各位老師，其實我只是一個剛剛離校的學生，能有今天的成就全憑各位先生的提攜。這不是什麼客氣話，而是我的真心話，其實我有今天，很大一部分是運氣，或許你們覺得我矯情，實際上的確如此。」

「我能發現愛滋病的治療方法，能夠在鏡面人手術上遊刃有餘，都是我遇到的幾位老師的功勞。」

「手術台上的遊刃有餘是因爲李傑老師，我跟他學習的時間不長，可是他卻影響了我很久，還有柳青老師，更是讓我的手術技術有了飛躍。或許各位根本不認識柳青老師，二十年前跟李傑老師並列的名醫，那是真正的柳葉刀。」趙燁說到這裏有些感慨。

「其實，我一直有個打算，我已經說過我能發表關於愛滋病的這個演講多半是運氣，甚至我很早以前能夠參與病毒抗癌也是運氣。」

「這一切的運氣來源於我的另一位老師江海，雖然他已經去世了，雖然他並沒有真正教給我什麼東西，可是他留給了我許多寶貴的財富，江海老師世代行醫，是御醫世家，他留下了許多中醫典籍。正是這些中醫典籍給了我靈感，確切地說是很多重要的方法。大家都好奇我是如何能想出這麼多治療方法，其實都是來源於中醫。」

「大家一致推行中西醫結合，我覺得真正的中西醫結合應該是我的方法，中醫是個寶庫，可以挖掘的東西太多了。」

「所以我已經決定，把江海先生留下來的書籍捐獻給國家，至於其中會有多少被國家公開，我也說不好，到時候大家都可以去看看御醫世家留下的典籍。」

趙燁的話讓在場的專家教授們一片譁然，沒有人想到趙燁竟然還會中醫，而這些東西都是源於中醫。

對於中醫，許多醫生很不屑，可現在卻一句話也說不出來，難道中醫很早以前就能治療愛滋病？就可以治癒癌症？

不，趙燁雖然將一切推給了中醫典籍，推給了運氣，可誰都明白，趙燁的成就運氣僅是一部分，更大的一部分是實力。

如果說趙燁的運氣讓人感歎，實力讓人震驚，那麼趙燁最後講的把典籍捐獻則讓人看不懂。

那些都是無價之寶，別說其中的內容是不是有用，就說歷史價值都是價值連城，根本無法用金錢來估算。

可是趙燁呢？似乎根本就不在乎這些，一股腦地將這些東西捐獻給了國家。

其實趙燁很早以前就想捐獻給國家，可是國家真的會重視麼？趙燁不知道，但是現在他知道，這些東西國家一定會當成國寶，把其中的內容當成國家機密。

因爲趙燁憑藉這些書發現了愛滋病的治療方法，憑藉這些書研究出了病毒抗癌的治療方法。

眼前是最好的捐獻機會，趙燁的捐獻讓這些人震驚。

在最後一台手術之後，趙燁再也沒出現在這峰會上，他安靜地躲在房間裏，每天與李傑聊天、下棋。

趙燁很少有這麼閒暇的時光，很少有這麼放鬆的時候，此刻的他完全沒有任何壓力。

「你真的決定了嗎？」李傑突然開口道。

「嗯，我決定了，我想出國待一陣子，我那榮光醫院還要大叔你幫忙照看一下。」趙燁說。

「你要知道我可不坐診的。」

「您不需要坐診，您只需要每年去那麼幾天，開個專家通道就可以。」

「你明明知道我不是那些沽名釣譽的狗屁專家，我如果要幫你，就會一直留在那裏。算了吧，我一直也沒歸屬過什麼醫院，我就去你的醫院轉轉吧！」

「謝謝大叔。」

「一點誠意都沒有。其實我要謝你，你那研究救了太多的人。當然你的專利也讓我賺了很多的錢了。只是你要出國，什麼時候回來？」

「一年左右吧，也許更久，我想去見見國外那些醫學專家，聽說他們很厲害，我想學習一下！」

「決定好了行程嗎？」

「是的，我的第一站是巴黎。」

「巴黎？」

「是的，巴黎，巴黎有許多名醫，另外，我有些想念菁菁……」

一老一少的簡單對話，日後震驚了醫療界。

醫聖李傑爲一家小民營醫院工作，大放光芒的年輕醫生趙燁出國旅行，似乎還早早地結了婚。

在許多年以後，趙燁回到了國內，又做了一台公開手術，人們發現這位依然年輕的醫生已經超越了他的前輩，他留給人們的永遠只有驚歎！

請續看《醫拯天下》第二輯之一　天才之秘

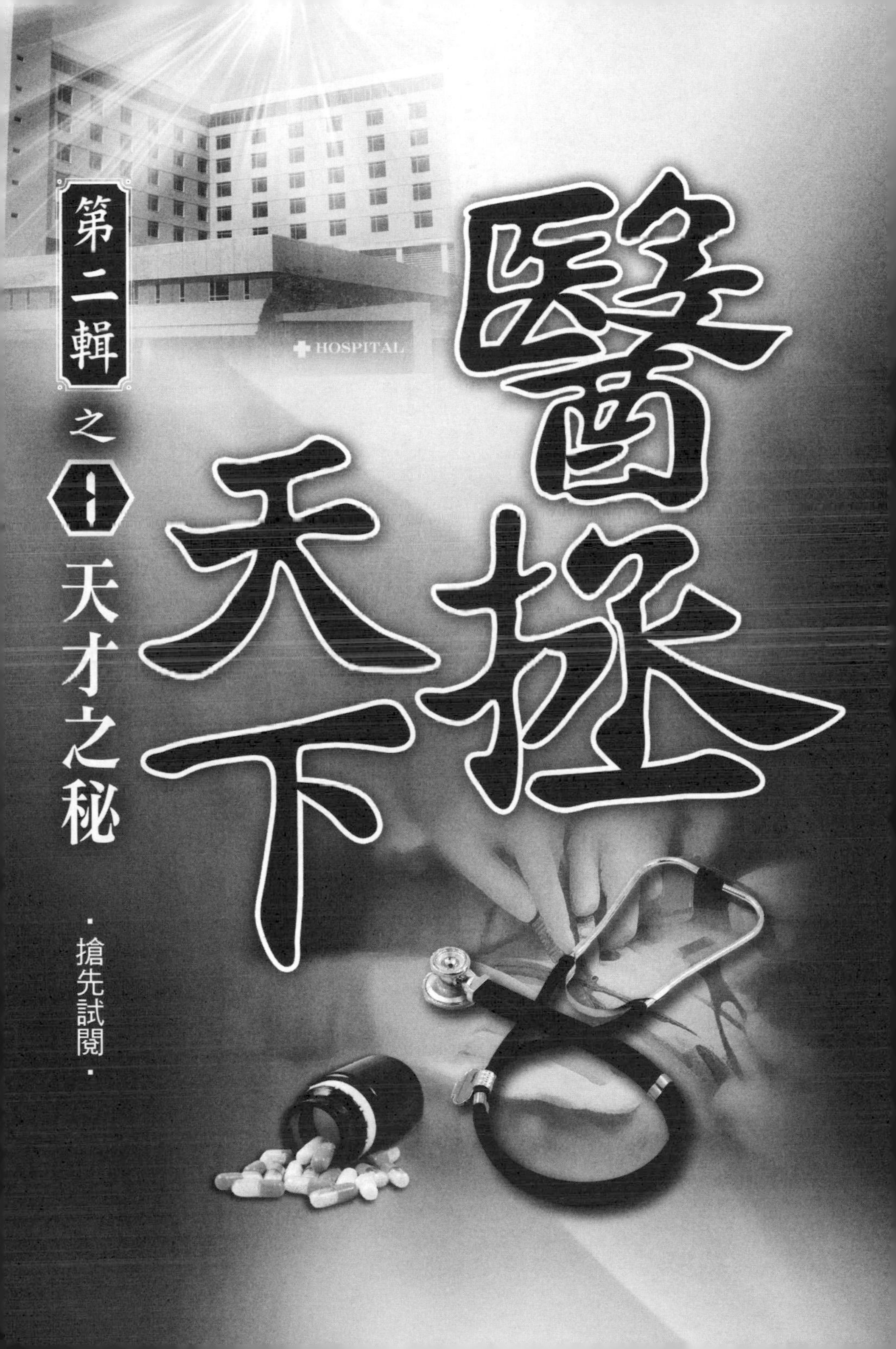
第二輯
之
一
天才之秘
醫拯天下
HOSPITAL
・搶先試閱・

《醫拯天下》第二輯，講的是趙燁的醫聖老師李傑的故事。

一個三十多歲，多才多藝又風流倜儻的醫生，憑著一把精湛的手術刀，一夜下來幾場手術，談笑風生中，輕鬆救得幾條人命。

手術疲累之餘，他回到值班室沉沉睡去，沒想到這一覺醒來，世界全變了！

他回到過去時代，成為一個貧窮農村的窮小子，大學錄取科系竟是「水土保持與荒漠化防治」這個冷門到不行的科系！

他的人生彷彿瞬間歸零……

「今天真是一個糟糕的天氣啊！」李文育無奈地看著窗戶，外邊的大雨連綿不斷，閃電雷鳴一個接著一個，絲毫沒有停止的意思。

誰讓自己沒事幹，得罪了上級呢？現在倒好，搞得自己時不時地就被抓來值班，而且還是值夜班，晚間的精彩活動都不能參加了。

不過，自己是問心無愧的，病人本來就沒什麼大病，可是在院方上級的旨意下，主任不是要病人住院，就是要開沒有必要的刀，要麼就是吃一些進口的藥。自己向病人家屬解釋了病情以後，病人當然不會再花那些冤枉錢了。

其實上級如果不把手伸向自己的病人，李文育也不會有什麼意見！李文育這次可是真的把他們給惹火了，竟然給他下了死的定額，規定每個月要給醫院達到一定的收益，而且還理直氣壯的拿他晚上經常上夜店這個原因，來讓他值夜班！

不過，也沒什麼要緊的，因爲李文育的醫術很有名氣，看病的人很多，如果要達到定額只需要累一點，並不需要坑人家的錢，而且值班不過是夜生活沒有了，那些漂亮的妹妹只能寂寞了。話又說回來，不值夜班也很難遇到那麼多病人，他的定額也不好完成！

院長雖然生氣，不過他也不是那種一點器量都沒有的人！李文育在他眼裏不過是純潔的年輕人，不過這裏的醫療風氣就是這樣，李文育想獨善其身，卻是他不允許的！

其實他也沒有辦法，醫院經費不夠，所必須的藥品儀器又被國外所壟斷，價格都高得離譜……

李文育則認爲他靠手藝吃飯，院裏的科研還要靠自己出菜，並且市裏領導跟自己又因爲看過病的原因交情又還不錯。所以他並不怕任何人，不過他也不能因爲這個就囂張。

想到這裏，李文育感覺到一絲的疲倦，便走出了值班室，站在值班室附近的窗戶邊，悠然自得的從口袋裏掏出打火機和煙，正打算過過癮，提提精神，醫院消毒水的味道讓他的頭昏沉沉的。

「對不起，這裏不能抽煙的，會影響病人的！」旁邊一個聽起來挺甜美的聲音怯怯的傳了過來。李文育歪著腦袋叼著煙，向著聲音傳來的方向望了過去。只見一個年齡不大的小護士，懷裏抱著一本病歷，怯生生的站著，一雙水汪汪的大眼睛眨個不停，眨得李文育心裏撲通，撲通地跳個不停。

李文育努力地把嘴裏的口水咽了下去，然後對著小護士報以一個大尾巴狼的招牌式微笑：「你是新來的吧，我以前沒有見過你啊！你還是第一次到這裏值班啊？」

這個小護士看著李文育的壞笑，不由得把胸前的病歷抱得更加緊了幾分：「我是醫學院實習的學生，今天是第一次來。」

第一次？怪不得以前沒有見過，怪不得來阻止自己抽煙，誰不知道醫院裏他李文育是有抽煙特權的！

「哦！」李文育臉上一副「原來如此」的表情。

「第一次來啊，那我可以教給你一些很重要的事哦！包括你知道的，還有你不知道的！」李文育說完，內心邪惡的火焰猛的躥起幾米高。

「那就先謝謝你了，老師！」純真的小姑娘看來是一點也不知道，自己已經被這個大尾巴色狼給盯上了，說完還感謝的鞠了一躬。

李文育看著窗外的大雨，點著了煙，慢慢的品嘗著尼古丁所帶來的刺激與快感。晚間的夜班很是枯燥，如果沒有病人，李文育只能依靠煙來解悶或者找一兩個漂亮的護士聊聊天。醫院的護士們基本雖然都知道李文育是個花花公子，但她們對李文育並不反感。相反地，她們很喜歡跟李文育聊天，因爲李文育總是能讓她們笑個不停。

其實醫院裏喜歡李文育的護士很多，不過據李文育其中一個鐵哥們說，李文育其實是一個很專一很傳統的人，根本不會亂搞什麼，但是如果真的送上門來，他卻不會拒絕。

「滴，滴」腰間的呼叫器非常不合時宜的響了起來，李文育無奈的搖了搖頭，把抽了一半的煙，彈進大雨中，然後快步走向急診室。

李文育用變態的速度給自己手部消毒，他手部消毒的速度堪稱醫院一絕，他消毒的時候，周圍通常不敢站人，因為他刷手太快，肥皂泡亂飛。最奇怪的是泡泡從來都飛不到他身上，其他人則每次都很慘，基本滿臉都是泡沫。十五分鐘的消毒他通常六分鐘就結束，這還包括五分鐘的酒精浸泡的時間！然後他一邊穿衣服戴手套，一邊進急診室，詢問身邊的護士病人的基本情況。

「病人左下肢割裂傷，血壓九五／七十，脈搏八十五～」

「創面消毒！準備縫合！」李文育簡短的下了命令。護士已經手腳麻利的剪開了傷者的褲腳，他的傷不是很嚴重，當然這是對李文育來說，他的腿部筋斷了，需要重新連接，肌肉也嚴重破損，需要修復。

看著血肉模糊的傷口，如果換作別的醫生也許要搖頭，這樣的傷需要對人體組織擁有高度的理解，病人股動脈血管破裂，部分肌肉割斷，而且割裂物還留在腿部。他需要取出割裂物，縫合血管。

這對於李文育來說不算什麼，他可以避開損傷神經取出所有殘留在腿中的割裂物，完美的修復斷開的血管與肌肉，他還打算給這個病人的傷口細化處理，讓他只留下輕微疤痕。

「痛嗎？」

「不痛！」

「我就說了我來做肯定不痛，放心吧！我會很溫柔的！」

「……」

「哇！流血了！」

「紗布、紗布……」李文育大嚷著，迅速的用紗布擦流出來的血。他一邊做著手術，一邊和傷者聊著天。

患者的傷只不過是局部的損傷，並不需要全身麻醉，所以他還是很清醒的！李文育最喜歡這樣的病人，他可以聊天。

如果是全身麻醉的病人，他就放音樂，李文育最喜歡的是林肯公園的搖滾樂，他喜歡那個節奏，就跟他手術時候的節奏是一樣的！當然這個惡習是李文育的秘密，除了他的手術團隊，別人都是不知道的。

「那個新來的小護士，你來把他推到病房去休息，我完成我的工作了！對了，別忘記了一會兒來我這裏上課啊！」

李文育念念不忘的還是那個新來的漂亮小護士。

院長剝奪了他出去酒吧裏泡妞的權利，他就只能在醫院裏逗逗小護士了。

「偶的神啊！我快受不了了啊！」這一夜，李文育在做完了不知是第幾個手術後，躺在手術台上大聲的發著牢騷。

每次他想跟小護士聊聊天，就會有變態的手術出現，雖然他很樂於救人，但是也不能總出現啊！看值班記錄，今天晚上的手術比以前一個月的總量還多。如果是上天可憐自己害怕這個月的定額完成不了的話，那麼請停止吧！

李文育祈禱著，他已經快完成這個月的定額了。他有些懷念自己在國外醫院實習的日子，外國醫院憑啥一天只看二十個病人，還有休假？別說外國人口少，中國人口多。中國人口多，那醫生也應該多啊！

「滴，滴」腰間的呼叫器又開始了不知疲倦的工作。

「叫，叫什麼叫，老子這不在手術室嗎？」李文育罵了一句。就在他跳下手術床的一瞬間，李文育只覺得眼前忽然一黑，差點沒站住。

「可能是累的吧！自己好像沒有低血壓?!」他嘟囔了一句。

「碰」的一聲，手術室的門被從外邊給撞開了，只見一個全身是血的人被送了進來。

「呼吸停止，心跳停止，脈搏零，測不到血壓！」一個助手在旁邊的監護儀前喊著。

「電擊器準備。」李文育頭也沒回的說。雖然他總是疲倦，但每當病人到來的時候，他絕對不含糊。

「第一次，來了！」病人被電得整個身體都跳了起來，心電圖上還是一道直線。

「第二次，來了！」再次跳躍，依舊是直線。

「準備開胸，做心外直接電擊！」

李文育曾經被人稱作迎風一刀斬，他手術一刀下去乾淨俐落，李文育切開胸部皮膚，打開胸腔，正打算做直接電擊的時候，忽然一道閃電，然後整個手術室陷入了一片黑暗之中。

緊接著，一聲粗口猶如雷聲一樣響了起來，「我靠！這叫我怎麼搞啊？」不過此後聲音馬上變得溫柔了許多：「新來的小護士，去找幾個手電筒，要快一點啊！」

小護士應聲而去，李文育在黑暗中摸索著，用手開始了心臟按摩。所謂的心臟按摩就是用手直接接觸心臟，然後給心臟按摩，以手部的動作來模擬心臟的跳動，這是一種很高級的技術，心臟各個部分的跳動時間都是不一樣的，其中的壓力也不一樣，這其中力道的掌握與時間的掌握都是很困難的。

「大哥，拜託你，拜託你趕快跳起來啊，我求求你了，你要是跳起來了，我請你看漂亮的小護士！」李文育的一句話，讓手術室其他幾個人明白了，爲什麼剛才這個號稱「X醫第一刀」的李醫生，讓那個小護士去找手電筒了。

「好了，大哥你終於跳起來了，你放心，我答應你的就一定會做到，你就先安心的跳著吧。」李文育當作沒看見手術室其他幾個人臉上的黑氣，自顧自地說道。

「來了，來了，手電筒來了！」新來的小護士抱著幾個手電筒，興奮的叫道。當她借著手電筒的光，看到跳動的心臟的時候，忍不住誇獎了李文育幾句，誇得李文育感覺自己快要升天了一樣。

「好了，現在開始做腹部內臟縫合。」李文育看著幾個一臉「算你狠」表情的助手，下達了命令。

就這樣，李文育借助著手電筒的光，完成了這次搶救手術。極度疲倦的他回到值班室就沉沉的睡了過去。他夢到了很多美女，夢到自己沒有去值班，夢到自己……

當李文育醒來的時候，他一睜眼便發現有點不太對勁。怎麼屋頂看起來既不像醫院，也不像自己家啊，棚頂黏的報紙，也不知道是什麼時候黏的，都已經有點黃了！這裏看起來有點像窩棚。

李文育感覺自己的脖子有點僵硬，他費力的轉過頭去，想仔細看一看這是哪裏。

首先他發現，自己左邊坐了一位二十歲出頭的年輕女人，趴在床邊睡得正香，臉上紅撲撲的，還有一些睡覺弄出來凹凸不平的紋路。

李文育以爲自己在做夢，秉承著自己一貫的「優良」作風，或者說是他的條件反射也好，伸手溫柔地摸了一下這個女人的頭髮，沒想到她立刻就醒了。

李文育當時就嚇得一身的冷汗，他做夢什麼時候發生過這樣的意外？

這個女人見到李文育醒了，一下跳起來，邊跑邊激動的喊道：「媽！弟弟醒了，弟弟醒了！」風一般的消失在屋外。

「弟弟？」李文育聽到這個稱呼第一個反應就是，「我什麼時候有，或者是有過姐姐了？」

當李文育給了自己一巴掌，發現不是做夢！又揉了揉自己的眼睛，他感覺自己是不是眼睛花了。

疼！這是他第一感覺，眼睛揉疼了。他發現自己手很粗糙，仔細的觀察自己的手以後，豁然發現，自己的手怎麼這麼粗糙啊！還有，皮膚怎麼這麼黑啊，比原來自己的皮膚要黑得多，怎麼看怎麼像日曬過度。我記得我有好好保養我的手啊，外科醫生手的敏感度是很重要的，李文育甚至經常用牛奶泡手。

不過，看起來還是挺有力氣的嘛。然後，又順便觀察了一下自己的身體。精壯，年輕，而且非常的有活力。

哇！自己不是遇到了網路中最俗套的事情「穿越」了吧？開什麼玩笑，睡覺都可以穿越？

「兒啊，你終於醒了，媽都快擔心死了！你說你要是有個三長兩短，媽我可怎麼活啊！」就在李文育想著，並且祈禱著，這個世界最好所有人智商都低自己那麼一點點，所有人的學問都比自己差那麼一點點，自己的運氣再比所有人都好那麼一點點！這裏的女人都感覺自己比別人帥那麼一點點……

「這個就是我現在這個世界的母親？怎麼看起來這麼蒼老啊？」李文育現在是一頭的霧水。他看著自己這個世界的媽媽，覺得她外表看起來像六十多歲的「奶奶」。一身粗布衣裳，雙手還都是泥，看來她還沒有來得及洗，聽到李文育醒來，就直接跑過來了。

李文育看著趴在自己身上哭得一塌糊塗的老婦人，一陣酸楚湧上心頭，眼淚也跟著掉了出來。

李文育在醫院的時候就是出了名的心軟，看到哪家病人不行了，自己也老跟著傷心。自己這是招誰惹誰了，爲什麼偏偏來到了一個自己非常陌生的世界，還莫名其妙的多了一個姐姐，自己在這個世界的母親又看起來這麼蒼老，估計父親也好不到哪裏去，他們肯定是貧苦的農民，長期的高強度勞作，加上營養不良，導致加速的衰老。

李文育這個時候也想到了自己的母親，自己穿越到了這裏，不知道那個世界的父母會怎樣的傷心，還好自己平時的工資啊獎金啊！科研獎勵啊！全部都給父母了，但是那些錢夠他們養老嗎？可惜自己三十多歲了也沒有結婚，如果結了婚的話，也許還能留個人來照顧父母。不過自己走了，那些兄弟們應該會照顧自己父母的吧！想到這裏，李文育的眼淚劈哩啪啦的掉個不停。

母親看到兒子也哭得眼淚稀哩嘩啦的，便停止了哭泣，還安慰道：「兒啊，你別哭了，醒了就好！」

可是李文育還是一個勁的哭個不停。母親看到這裏，只得再一次的勸慰：「別哭了，媽這就給你做飯去，你都在床上躺了三天了，一定餓壞了，媽這就給你做飯去！給你做你最愛吃的東西。」說完便離開了李文育的床邊，走到門口的時候，還充滿關切的看了李文育一眼，然後用袖口擦了擦眼角。

李文育偷偷的在被子裏活動了一下手腳，他感覺自己的手腳不是那麼聽使喚，有點笨拙，這一個細小的動作沒有瞞得住一直坐在一旁的姐姐。

「怎麼了，是不是哪裏不舒服啊？」姐姐關切的問。

「不是，就是想下床走走。」李文育很老實的回答。

「那我扶你下來吧！你病剛好。」姐姐的話讓李文育沒有拒絕的理由。

於是，李文育開始在姐姐的攙扶下，邁出了他在這個世界的第一步。不過，由於是第一次，開始並不怎麼順利，要不是有個姐姐在一旁扶著，恐怕李文育早就從自家的院子裏滾到大街上去了。

他證實了自己的猜測，他移魂到這個身體上並不能完美的控制，他有很多不適應的地方。畢竟這個身體跟以前的身體身高、體重、脂肪含量、神經發達程度等等都不一樣。

李文育復甦後的那幾天，父母一直不讓他下床，李文育也樂得其所，他本來就是一個樂觀堅強的人，他並不知道自己爲什麼會來到這裏，更不知道怎麼回去，既然沒有辦法回去，就要適應這個世界！

在這裏他還要適應一段時間，首先就是這個身體，這是一個新的身體，控制起來需要重新的學習，對此李文育可是費了一番功夫。

他根據自己的醫學知識，制定了一套計畫，在沒事的時候就按照計畫來鍛煉自己，在經過幾天的恢復性訓練之後，李文育逐漸適應了這個身體。

雖然日常生活沒有什麼問題了，可他發現，自己同這個新身體的協調性還是有點不算太大的問題。自己在做一些細微的動作時，身體還是跟不上自己的思維。

這讓他很是擔心，萬一自己的雙手不再像以前那樣靈活，自己還怎麼在這個世界混下去啊？

他李文育唯一的特長就是看病，做手術。可以說手術就是他的第二生命！手術刀就是他形影不離的朋友！一雙靈巧的手，對一個外科醫生來說是必須的！如果這雙手廢了，還怎麼給病人做手術啊？自己的偉大理想還怎麼完成啊？

不過，這路是人走出來的，辦法是人想出來的。

李文育費了很大力氣才想出了一個笨方法，這也是唯一的方法，他只能通過再次訓練，來恢復手的感覺，首先是拿刀的感覺，他每次飯前都幫自己的母親切菜。

然而，李文育的這個康復方法可害苦了這一家人，從李文育開始實施康復計畫的那一天起，他們家就再也沒有吃過大塊的菜，剛開始是片，然後是條，到了後來就成了絲。然後，這絲就一直沒有換過，反正不是這絲就是那絲。

其實李文育還計畫把菜切成丁來著，但是技術一直沒有到那關，他是想把丁切成同樣大小的正方體，而這個正方體的邊長就是三毫米。

當然這只是其中的一部分，李文育沒事的時候還找來父母的針線，找樹葉或者破布來縫合，甚至練習打結。他很快就達到了一個一般醫生的水準，但是距離他以前的身體卻還是差距很大。

外科手術水準的高低，很大一部分看手術的速度，還有手術的精準度以及對身體結構的理解，最後才是手術的經驗。因爲手術技術的創新很少，一個技術也許可以連續用二十年，其中如果有改變，多數也是用藥的改變，所以手術的技術不是什麼秘密，但是真正能夠達到手術水準卻不多。這好比打籃球或踢足球，那些超級球星的動作很多人都會，但是用起來卻不一樣。

李文育作爲一個醫生，他是以手術技術熟練，速度快而出名。但現在這樣的水準他可不能滿意，但也沒有辦法，只能一步一步的訓練了。

轉眼間，李文育來到這裏已經有十幾天了，他恢復得很好。

這天，李文育正跟往常一樣在自己床上拿著針線偷偷做著康復訓練，之所以偷偷訓練，是因爲他害怕讓別人看見，一個大男人拿著針線熟練地縫東西，過一會又變戲法一般的連續的快速打結。知道的是在做康復訓練，不知道的還以爲他東方不敗轉世呢！

就在他練得正高興的時候，聽見了弟弟奔跑的腳步聲，接著就是興奮的喊道：「哥，哥，你快出來啊！你快出來啊！」

「怎麼了？是不是又看到仙女了？你眼中的仙女，那基本都是臉先著地的不幸小仙女！不要跟我說了。」李文育來到這個世界後，依然沒有改變自己的語言習慣。而他的弟弟也適應了他哥哥的轉變，從李文育來到這裏以後，他弟弟陪他的時間最多。

「不是，不是，哥，是你的錄取通知書到了，你快出來啊！」弟弟一臉崇拜的把自己的哥哥從房裏拉了出來。

李文育在這個世界的身分叫李傑，他上有一個姐姐李英，下有一個弟弟李豪。父母都是農民，因爲他們住在山區，這裏自然條件惡劣，所以勤勞的父母即使早出晚歸的工作也沒有辦法改變貧窮的命運。這個村子落後的不僅僅是經濟，他們的教育也很落後，除了李傑沒有人上過高中，更別說是大學。這裏的孩子們上學需要走很遠的路，而且如果孩子上學，對於一個家庭來說，少了一個勞動力，也多了一筆學費的開支。

而李文育也就是現在的李傑，他因爲沒有繼承這個身體的記憶，他能瞭解這個家，還是因爲他發現了真正的李傑留下的日記。可惜日記只記載到了他十五歲的事情，後來似乎是因爲學習太忙就中斷了。李文育原本以爲李傑是在家忙農活，他並不知道李傑竟然還上完了高中，還要上大學！

真是不敢想像，赤貧如洗的家如何供他上大學？

當李文育打開燙金的大學錄取通知書的時候，發出了一聲撕心裂肺的慘叫。

「啊！我的主啊！你爲什麼要這樣對我啊！」

原因沒有別的，就是「李傑同學，你已經被我校農學院水土保持與荒漠化防治錄取」這幾個大字。

「哥，你看，你看，你考上大學了，你簡直好生猛啊！」李文育自從把「生猛」這個詞說出口後，這個弟弟就把它時常放在嘴邊。

「確實，確實是好生勇猛！」李文育現在有一股想撞牆的衝動，真不知道先前的這個傢伙是怎麼想的，連「水土保持與荒漠化防治」這個專業他都敢選，李文育真是服了他了。其實李文育當年不也一樣，報考的也不是臨床醫學系，很多新生在來大學之前，都是很理想化的，想上一個自己喜歡的專業，以爲畢業了以後肯定會幹本業的工作！

其實多數大學生都不會幹本行的。李文育是過來人，他也上過大學，還讀過研究生。在工作的時候還通過了美國哈佛醫學院的博士考試。

水土保持與荒漠化防治，這個東西在發達的廿一世紀都是個不給撥經費的計畫！在這個時代有什麼錢途啊！李文育的心在呼喊！

李傑上大學，對於他們家人，對於他們的小村子，都是一件了不起的大事！在這個幾百人的小村子，高中生都不多，更別說大學生了。

家家戶戶都來看李傑，就像看稀有動物一般。看著李傑父親那發自內心的高興，李文育則是有苦難言啊！

夜裏吃過飯，李文育現在的父親因爲高興還喝了一些酒，整個家庭都沉浸在一種歡樂的氣氛中！

這個世界的父親喝了酒以後跟大多數人一樣，喝多了話就多，他開始教育李文育，給李文育說一些自己的經驗，說一些對兒子關切的話！

「兒啊，你現在考上大學了，現在你就是一個大人了，從今往後，你的路就要你自己走了！」父親對著李文育深有含義的說道。

「我……我……」李文育看著父親那滄桑的面容，想起自己考上大學父親那高興的笑容，他無法把自己的想法說出來！

開不了口啊！他不想上這個大學，作為一個未來的人，他所理解的事情要比這個時代的人多得多，更別說身為農民的父母了。其實從來到這個世界上，李文育就在考慮他的未來了。

在這個世界的未來，他是不可能一輩子待在這個小山村裏的，他所以每天都在做手部感覺與身體協調性的訓練，就是想著有機會出去闖闖，憑藉他無雙的醫術，他相信闖出去並不是什麼困難的事情！

何況這個世界並不如他那個時代發達，可以說這裏科技大約相當於九十年前後的水準，差不多二十年的差距，李文育相信他的醫術，在那個時代亦是出類拔萃，在這裏他肯定可以達到頂尖的水準。

但是在這個望子成龍的父親面前，他能說出那樣的話嗎？他能說出不想上學的話嗎？

晚上，李文育躺在床上翻來覆去的睡不著。在醫學界混了差不多十年的李文育明白，在醫學這個領域，想要出頭是很困難的，醫學很注重學歷跟資歷，畢竟這是人命關天的職業，沒有學歷沒有人會承認你，沒有學歷，你想證明自己都沒有機會，畢竟沒有人會拿自己的生命來給你做實驗！

但是，在這個世界，他難道要學習「水土保持與荒漠化防治」？

李文育努力的想把「水土保持與荒漠化防治」從頭腦裏抹去。他的專長是給人看病，而不是給地球看皮膚病！

這個時候，也就是在李文育無法睡著的同時，他的父母也沒有睡著，他們商量著那筆看起來猶如天文數字般的學費。

「他爸，咱兒子考上了大學了！咱們家堅持到小傑畢業，苦日子就到頭了。」看著老伴，李文育的母親說。

「是啊，考上了，真是不容易啊！小傑真給咱們家長臉啊！咱們村子多少年了也沒有出過一個大學生！你看看那些人羡慕的目光沒！」李文育父親得意的說，但是他心裏卻想著那一筆學費，看著自己蒼老的老伴，同樣陷入了沉默。

「那，那兒子的學費怎麼辦啊？」家裏的經濟情況，已經到了囊空如洗的地步了。這一點，母親比誰都清楚。

「我再想想辦法，總不能讓兒子不去上吧！我再出去借借！」父親說得有些無奈，其實他明白這個村子借錢很難，畢竟每家每戶都不富裕。

「要不，我出去找一份工作吧？」母親向父親建議道。

「不行，你身體一直不好，怎麼還能出去工作呢！」父親堅決的回答。

「可是，如果沒有錢的話，兒子就上不了大學，我不能因爲自己，把兒子的前途給耽擱了啊？」母親一直都是偉大的，不管什麼時代。

「我說不行就不行，我明天再想想辦法！你放心，有我頂著，總是有辦法解決的！」父親的倔脾氣上來了。

「可是……」母親似乎還想說些什麼，父親卻打斷了她。「有什麼事明天再說，睡覺！」李傑的父親毫不猶豫的打斷了他母親的話。他很恨自己的無能，作爲一個男人無法供自己的兒子上學，他感覺很對不起兒子。

在床上睡不著的李文育，透過那隔音不太好的木板牆，將父母的談話絲毫不差的聽了個遍，父母的愛讓他感到溫暖，在來到這個世界後，他雖然嘴裏叫著爸媽。但是他真的把他們看成自己在那個世界的親生父母嗎？畢竟這對父母沒有相處二十多年的感情。

但是他們對自己呢？這是真正的父母感情，李文育感覺自己很禽獸，是個白眼狼。來到這個世界就應該扮演好自己的角色，他要代替李傑給父母一個幸福的晚年！不，不是代替李傑，李文育再也不存在了，他現在就是李傑，李文育就是真正的李傑！

「爸，我不想去上大學了！」

第二天，李文育向正要出門的父親說出了自己的想法。

他昨天想了一整晚，他知道如果不說出這些話，事情是永遠沒辦法解決的，現在說出來，還有很大機會。

「不想去了？你為什麼不想去了？你以為你老子我供不起你嗎？告訴你，你老子我就是砸鍋賣鐵，就是去賣血，我也要讓你去上大學！」不出所料，父親聽了李文育的話以後，開始發火了。

「不是的，爸，那個專業我不喜歡！我覺得不適合我！」李文育看著滿臉赤紅的父親，輕輕的說道。

「咱們李家幾代人就供出了你這麼一個大學生，你知道這容易嗎？你現在就憑著一句不喜歡，就不想去上了！你說，你不去上大學，你想幹嘛？你想和你老子一樣，在這個山村裏種一輩子地？告訴你這個小兔崽子，你想都別想，你要是不去上大學，你就給我滾出這個家，永遠都別回來！」李文育的父親越說越激動，抬手就給了李文育一巴掌。

李文育捂著臉，感覺火辣辣的疼痛，他知道自己的臉已經腫了。但是他還是必須要把自己的想法說出來。

「我不能上大學，我想出去闖闖！」

「你小子有什麼能耐出去闖？你說你能幹什麼？你小子什麼本事都沒有，你能幹什麼？」

李文育被他父親的話給噎住了，他想說自己會看病，但是他父親會相信嗎？如果他們知道自己兒子的身體被他給佔據了，他們能受得了嗎？

他現在是李傑，不是李文育。

李文育有些鬱悶，他昨夜其實想過，他可以自己出去闖蕩一下，他可以在一個小診所當個醫生。雖然手術是他的強項，但那不代表他其他方面比較差，內科方面李傑也不弱。但是父母看樣子肯定不會允許他出去闖蕩了。

他也許只能走第二條路了，上醫科大學，然後提前畢業！用兩三年的時間來完成學業，雖然耽誤了幾年時間，但是這肯定比出去闖蕩發展的要快，並且父母這裏也好交代。但是這樣家裏的負擔很重，李文育其實最不想的就是這條路，自己佔據了人家兒子的身體，再用他們的錢來供他上學……也許以後自己永遠也不能報答他們的恩情。

「我想重讀一年，明年考個好一點的大學。」李文育忍著臉上火辣辣的疼，還是對著父親慢慢的說道。

「重讀？你說得倒輕巧，你以爲重讀不要錢啊？我把你這個小兔崽子……」說到這裏，李文育的父親抬手就要打他。

「你們這是怎麼了？孩子的爸，別再打了！」剛從房裏出來的母親，看到這一幕趕緊跑過來，拉住了父親那正要落下去的手。

「你別拉著我，你讓我打死這個小兔崽子算了，也省得和他生氣！」父親氣呼呼和母親說著。

「有話好好說，你看你把孩子打得！」母親看著李文育臉上五個紅紅的指印，心疼的說道。

「你聽聽，這個小兔崽子不想上大學了，你說說，他不上大學，他去做什麼？」父親指著李文育，更加生氣了。

「兒啊，你好好跟媽說說，你不想上大學，你想做什麼啊？」李文育的母親看著兒子，似乎有些猜不透兒子的想法。

「媽，我想重讀。」李文育看著母親，母親由於常年的操勞，面容顯得十分的蒼老。

「你聽聽，這個小兔崽子要重讀！」父親聽到這句話，氣就不打一處來。

「你就別說了，你聽聽兒子怎麼說！」母親看著自己老伴那生氣的樣子，趕緊勸道。

「我不想去學『水土保持與荒漠化防治』，我想明年考一個好的醫科大學！我想當一個醫生！」

李文育看著母親蒼老的臉，母親蒼老的臉有一種不太自然的灰色，那種灰色就像灰燼的顏色一樣，李文育知道，那是心臟病的症狀，但是他現在沒有能力替她治療，雖然他的技術完全可以拯救母親，但是一個重大的手術，不僅僅是一個人的力量，他還需要各種儀器，他也需要好的助手，好的護士。

聽到這句話，母親和父親的臉色都微微一愣，他們不知道兒子是什麼時候有了這樣的想法。其實論醫術，李傑相信這個世界能比得上他的人不多，根據他來到這個世界的這段時間，他已經瞭解這個世界很多東西了，雖然這裏沒有電視，但是有廣播，也有一些過期的報紙，這裏的科技水準也就相當於以前那個世界的八十年代末期。

二十年的科技差距可不是一丁點。李文育在沒有來到這個世界之前，他也是一個很有名氣的醫生！他畢竟是哈佛大學畢業的博士，也是諾貝爾獎得主的得意門生。

「不行，你要重讀的話，萬一明年你考不上怎麼辦啊？這可是一輩子的事情啊！」父親在聽到兒子的想法後，說話的口氣緩和了不少。其實他的擔心也不無道理，在那個時代，大學的錄取率是很低的，而且考上大學的人很少有重讀的，畢竟那個時代大學生是真正的天之驕子，畢業以後的工作待遇很高，比起李文育那個時代的研究生還要好很多！

「兒啊，你先進屋，我和你爸再商量商量。」母親把李文育支開了，她以爲是自己的病，才使自己的兒子有了上醫科大學的決心。

正當李文育一個人坐在床沿，想著自己該如何說服父親的時候，他的姐姐李英推門進來了。

「聽媽說，你要重讀考醫科大學？」姐姐坐在李文育的旁邊，盯著他的眼睛說道。

「嗯，我不喜歡現在考的這個專業。沒有什麼前途！」李文育說道。他當然不能把自己的真正計畫說出來。不能說他想考醫學院，然後早早修滿學分提前畢業當醫生去。

「那你覺得你明年能考上嗎？」姐姐問著。

「這有什麼難的？姐姐知道我從來不吹牛，你難道不相信我嗎？」李文育毫不猶豫的回答。李文育雖然高中畢業很多年了，但是憑藉他聰明的腦袋，對於高考他可不怕，畢竟他上高中時候也是個高材生啊！

「那你一定要說到做到，你現在已經是一個大人了，你自己說的話可要算數。你自己決定走的路，你一定要自己走下去，姐姐支持你。」李文育的姐姐覺得自己的弟弟對考一流的醫科大學很有信心。

「可是姐姐，爸媽不同意我重讀啊！」

「姐會想辦法說服爸媽的，這個就不用你擔心了。還有學費姐姐也會幫你的！你只管好好的重讀就可以了。」姐姐安慰著李文育。不過，李文育看到，姐姐的眼神裏似乎有一種淡淡的憂愁。

李文育聽著姐姐的話，心裏一陣溫暖。姐姐只比他大三歲，他聽說姐姐在小的時候學習也很好，但是她卻沒有繼續讀下去。這不是父母重男輕女，而是姐姐自願放棄的。

如果沒有這個姐姐，李文育來到這個世界上也不會有上大學的機會，在後來李文育知道，姐姐李英爲了自己付出了很多。

其實在李文育的心裏，他是想上大學的，因爲一個沒有學歷的醫生，在醫療界是很難被承認的，即使你擁有匪夷所思的醫術！

可是理智的想，他不應該上大學，這個家負擔不起。可是當父母親爲了自己的兒女，又有什麼負擔不起呢？

「兒啊，你給媽說說，你為什麼想上醫科大學啊？」就在姐姐剛出去不久，李文育的母親進來問道。

「我想當一個醫生，我想讓窮人能看得起病。我要讓這個世界沒有失去親人的遺憾！」李文育一不小心就說出了自己在這個世界裏的偉大目標。

其實李文育在那個世界曾經遇過一個病人，那還是他實習的時候，那是一個很和藹的老爺爺，他博學多才，樂觀向上，對於生活充滿了熱愛。

但是他卻得了肺癌，那時李文育經常跟那個爺爺聊天，他知道了那個爺爺曾經很窮困，一直到最近幾年才過上好日子，他辛苦了一輩子，現在老了，有孝順的兒子，可愛的孫子。但是他卻帶著對世間無限的留戀離開了！

看著他兒孫撕心裂肺的痛苦，李文育從此決定要做一個好醫生。所以在後來，他從自己腰包裏給病人貼藥錢，擅自接受無法醫療的病人，不知道得罪了上級多少次，但是他依然不改，也不曾後悔。

母親看著李文育那下定決心的表情，想說什麼，但又發現自己什麼也說不了。

「那我去勸勸你爸，你也知道，你爸脾氣倔。」母親說完就離開了。

「媽，昨天你跟爸說的話，我都聽到了，你們不用為我學費擔心，我自己有辦法的！」

「兒子啊！你別多想啊！你爸會有辦法的！你要相信你爸爸，他什麼時候讓你失望過？」

李文育想起日記上的記載，李傑在小時候有一次很不懂事，父親帶著他到縣裏去，他看上了一個漂亮的玩具。但是那個玩具很貴，貴到足夠一家人兩個月的花銷。但是幼小的他當時卻並不知道這麼多，他只是想要玩具，所以他就哭，結果被爸爸給扛回家了。回家後他還是哭！最後爸爸跟他說，一定會買給他，他才停歇！

過了幾天，爸爸真的帶了那個玩具回來，但是他並不高興，因爲他偷聽到父母的話知道，這個玩具是爸爸偷偷跑去賣血換來的！

這個事一直在李傑心中占重要的地位，因爲日記裏面他提過很多次，也多次寫了要報答自己的父母！

現在的李文育佔據了李傑的身體，他又怎麼能讓這對父母背負更重的負擔呢？

「媽！我知道了，你們也別太操心！」

李文育剛剛送走母親，他的弟弟又來了。

來到這個世界以後，跟李文育接觸最多的就是他的弟弟李豪。

對於李豪，李文育認爲，他有著一種與年齡不相符合的沉著與冷靜。他目前還是一個小孩子，李文育認爲，這個弟弟如果能夠好好的培養，絕對可以成爲一個人才。

「哥哥，聽說你不上大學了？爲什麼啊！」

「我不是不上大學了，我是不要上這個大學，我準備學醫，以後當個醫生！」

「哥，我支持你，我知道哥哥你永遠都是正確的！哥，你說我怎麼辦？我馬上要上高中了，不知道爸能不能讓我念呢？」

「別擔心，你今年好好學習，聽說縣裏的高中現在收免費學生，只要你成績好！」

「那沒有問題，哥，那你要重讀的話，是不是明年我們可以一起在那個高中上學了？」

「不是，我決定出去打工賺錢，先賺點錢，然後在考試前兩個月左右回來考試就好了！」

「哥，雖然我很擔心，但我覺得你肯定行！」

「弟弟！我以後會做個出色的醫生！我想讓我的弟弟以後也成爲一個有用的人才！我想弟弟以後可以成爲一個爲人民當家的父母官！」

「哥，你怎麼想得跟我一樣呢？我們做個男子漢的約定！我以後會考上最好的大學！然後會成爲一個好的官員！你也當個好醫生，先把媽的病給治好了！」

他們兩個人在這個時候沒有想到，兄弟倆的擊掌立誓在日後竟然真的實現了。

在李文育拒絕上大學後，好幾天父親都不跟他說話，李文育能看出父親的氣憤。

李文育最想的還是出去闖蕩，但是他害怕自己如果跑掉了，父母會不會一病不起？

自己選擇的這個去讀醫科大學的折中法子，已經是他覺得最好的方法了。

首先父母容易接受，其次對未來發展很有幫助。沒有學歷的那些神醫，多數都是神棍，當然中醫不在其中。

李文育天生就是驢脾氣，沒有人管得了，這幾天他已經偷偷準備了，他準備直接跑去打工賺學費去！如果有了學費，就沒有人能阻止他重讀了。

這天剛吃過晚飯，李文育打算把自己的心裏話說出來，然後就走，也不管父母同意不同意。

飯菜剛剛上桌子，還沒等動筷子，就聽見母親焦急的喊道：「他爸，你趕緊去看看，他大伯也不知怎麼了！」李文育的父親臉色一變，扔了筷子披了一件衣服，急匆匆的跑了出去，李文育也趕緊跟上。

李文育和父親一前一後的跑到了大伯家，只見大伯的堂屋裏圍了一圈的人，李文育趕緊鑽了進去，只見堂屋地上正中躺著一個人，臉色紫紅，氣息微弱，身體僵直。

李文育快步走到那個人的身邊，不顧眾多鄉親驚訝的表情，俯下身去，「還好，沒死。」當李文育聽到十分微弱的心跳時，不禁這樣想。不過，這個人的情況也不太樂觀，呼吸十分微弱，幾乎停止！

如果不趕快進行救治，恐怕就活不了了。

「他這是怎麼回事？」李文育摸著脈搏問道。

「我也不知道，我們正在吃飯，他吃著吃著就倒了。」一個和母親年紀相仿的婦女哭哭啼啼的說道。

李文育抬頭看了一眼，發現飯桌上有一盤沒有吃完的豆腐。他立即明白了，這個傢伙什麼病症也沒有，唯一的可能就是吃豆腐卡在氣管裏了，肯定一邊吃一邊說話，這樣的病例還真是少。

不過這個傢伙吃飯的習慣也太不好了，肯定是嘴裏有東西的時候說話了。

「爸，你把屋裏的人都請出去！」李文育的話，讓他父親聽起來有點不太舒服。

「小兔崽子，你想做什麼？」

「救他！」李文育頭都沒抬。

「你一個小孩知道些什麼！趕緊一邊待著去，我已經叫村衛生所的人來了。」父親看著自己的兒子，有點生氣。

「你們不想讓他死的話，就趕快離開！別在這裏吵鬧！」李文育的脾氣也不好，對著周圍圍了一圈的父老鄉親喊道。

「你，趕快燒一壺開水，再替我找一把小點的刀子跟酒精，沒有酒精拿白酒也可以！快一點！」李文育看著周圍一動不動的人，聲音不由得提高了幾分，他似乎又回到了手術台上，他又成爲了那個無所不能的醫生！

「讓開，讓開！」李文育擠過人群，用最快的速度把自己的手洗了三遍。

「你不想讓你男人死的話，就趕快照我說的做！」李文育對著還在一旁發愣的大嬸子喊道。

「酒精呢？刀子呢？」

李文育環顧四周，村民似乎都不太相信這個年輕的小夥子，儘管他是本村第一個大學生。

「酒精呢？刀子呢？快點拿來！」

李文育有點發怒了，提高了聲音又喊了一遍，現在時間最寶貴了，病人氣管應該被卡住了，如果不能儘快治療，缺氧時間超過五分鐘，那病人必死無疑！

「拿去！」

李文育抬頭一看，是自己的父親，手裏拿著一把小小的鉛筆刀跟一瓶二鍋頭。「你能救活他嗎？」

「讓這裏的人都走開，我就可以！」李文育的表情無比堅定。

「大夥讓讓，大夥讓讓！」

李文育的父親把鄉親們推到了一邊，自己也和鄉親們一樣，忐忑不安地看著自己的兒子，正在做著自己一點也不明白的事情。

李文育撕開他的衣服，先用酒精簡單的給皮膚表面消毒，然後點火把小刀燒了一下。雖然這樣不能完全消毒，但最少能減少一多半的感染機會。

李文育深吸了一口氣，這是他來到這個世界第一次拿刀子，雖然不是手術刀！

他感覺自己額頭已經佈滿了汗珠，雖然僅僅是打開頸部，但這是他第一次，作爲李傑第一次開刀，手裏的刀也不是手術刀，這不過是一個很普通的鉛筆刀。

只要他的手一個不小心，這個不趁手的「慢」刀，就可能傷到甲狀腺或者神經。

他迅速的在男人脖子上一劃，周圍圍觀的村民不約而同驚叫了一聲，然後議論紛紛。

李文育的父親手心裏全是汗，他不敢相信這個兒子竟然用刀子割人家的脖子！

但是他很快就發現，這一刀子下去，竟然沒有出多少血！

雖然他一直都相信這個兒子不是魯莽的人，但直到現在，他那顆懸著的心才放下來。

李文育心中其實也有點緊張，畢竟這是他在這個世界第一次動刀子，本來在這樣簡陋的環境中他不應該開刀的。但是如果不開刀的話，那麼病人就是死路一條！開刀雖然承擔了一點風險，但是病人生存的希望卻增加了很多。

雖然李文育拿的不是手術刀，很不趁手，但很順利的切開了皮膚，這讓他信心大增，在以前，切開氣管這樣簡單的事情對李文育來說還是比較容易的，人頸部所有的動脈血管跟神經都記錄在他的腦海裏。

他似乎又回到了手術台上，他動作越來越快，也越來越熟練。

李文育順利的切開了氣管，很成功，沒有傷到血管與神經，然後在病人的胸口用力向下壓，連續幾次將肺部的空氣向外擠壓，目的是讓空氣順著氣管流出，最後將卡住的豆腐給推出來。幾次擠壓過後，終於成功了！李文育從切開的氣管中取出了豆腐。

李文育沒有記時間，但是他知道他用了最多兩分鐘，病人停止呼吸的時間不足以造成很嚴重的傷害。

李文育拭去額頭的汗水，回頭看了一眼說道：「爸，快點把衛生院的人弄來啊！他們怎麼還沒有來？」

村民們都驚呆了，李文育所做的，對於他們來說無異於天方夜談。

看著躺在地上的病人臉色漸漸的轉好，大家對李文育的崇拜簡直到了極點。

這其中包括了他的父親！

村衛生所的人來了以後，看到躺在地上的病人，有些不敢相信自己的眼睛，但事實擺在眼前，由不得他們不信。

回到家以後，李文育沒有見到自己的父親。

李文育吃過飯照樣往床上一躺，仔細回味著自己來到這個世界的第一場手術，當他想到那些村民臉上不可思議的表情，自己的大嬸子充滿感激的目光，就感覺自己好像回到了原來的世界，感覺自己還是一個出色的外科醫生，感覺自己的理想與追求還是正確的。

請續看《醫拯天下》第二輯之一 天才之秘

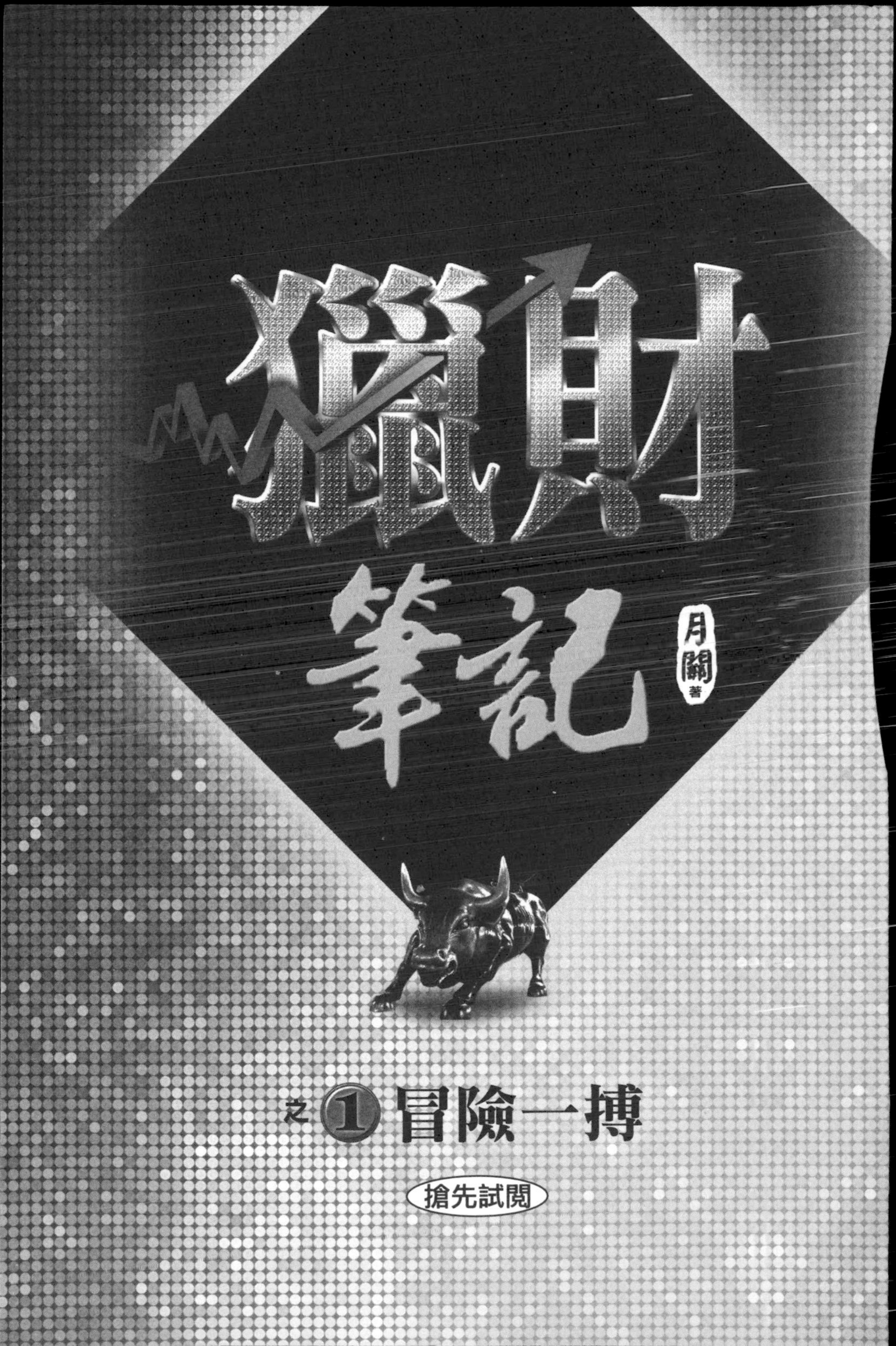
獵財
筆記
月關 著
之1 冒險一搏
搶先試閱

天氣實在太熱，道路兩邊高大的楊樹都無精打采地低垂著葉子，偶爾有一絲風吹過，才懶洋洋地擺動幾下，這是一九九六年的夏天，今年的夏天異乎尋常的悶熱。

張勝坐在樹蔭下，正和對面的中年男人下棋。

他穿得很樸素，上衣看起來像件破舊的電工服，頭髮比較長、一根根倔強地挺立著，相貌長得挺帥，可惜他的衣著和髮型把這唯一的優點都給遮住了，使得一個二十四歲的年輕人顯得有點邋遢。

對面的中年人四十多歲，身材高大，大背頭，肚腩溜圓，一身價格不菲的服飾，上衣口袋裏插著一支派克筆，手裏搖著一把畫滿銅錢的紙扇，兩人的身分看起來頗有差距。

旁邊是一家小飯店，大熱的天沒有顧客登門，一個半禿的胖子坐在門裏，毫無形象地叉著腿，有一下沒一下地拂著蒼蠅，一副昏昏欲睡的樣子。再裏邊坐著個繫圍裙的小女孩，一看就是鄉下來的，黝黑的皮膚，臉蛋上帶著兩暈健康的深紅。她手裏拿著面小鏡子，正在臉上東按西摸。

張勝是這家小飯店的老闆之一，另一個老闆就是正坐在屋裏打瞌睡的郭胖子郭依星。兩人原來都是三星印刷廠的員工，工廠被外商兼併大裁員時，兩人都失業了，便用資遣費合夥開了這家小飯店。

張勝對面的中年人叫徐海生，是三星印刷廠主抓財務的副廠長，旁邊停的那輛桑塔納就是他的座駕。今天他辦事路過這裏，見到老棋友，便下車和他敘敘舊，殺上一盤。

「喏，來根煙！」徐廠長笑眯眯地給他遞過來一根七匹狼。

「哎喲，謝謝廠長！」張勝連忙雙手接過：「我的煙不好，吉慶的，沒好意思給您敬，呵呵，還抽上您的煙了，謝謝廠長、謝謝廠長。」

他接過煙嗅了一下，夾在耳朵上，繼續和老廠長下棋。兩人是棋友，原來在一個廠時，徐廠長一得閒便把他叫過去陪自己殺上一局，彼此還算熱絡。

廠裏裁員時，張勝也曾想過走走徐廠長的路子，興許能把自己留下來。但轉念一想，自己除了陪徐廠長下下棋，還真沒有更深的交情，徐廠長未必能把自己這麼一個小工人放在心上，那時的張勝性格靦腆、過於敏感，不像現在經過生活的掙扎和磨煉，於是便理所當然地成爲一名失業員工。

兩人下棋時日已長，彼此都熟悉對方的套路。徐廠長下棋喜歡大開大闔，勢如泰山壓頂，獅子搏兔，攻勢凌厲，但凡起棋，必定雙炮先行，善攻。

反觀張勝則截然不同，第一步必跳相，第二步必出馬，對方的「車」都攻進大本營了，他可能尚無一子過界河，但是自己這方必定佈置得滴水不漏，防守極嚴，然後才步步爲營，逐步反攻。

張勝的打法和徐廠長截然相反，屬於那種未慮勝、先慮敗的人，而徐廠長的自信心顯然比他強得多。此時徐廠長雙車一炮已經逼近他的老帥，但是張勝也已暗伏殺機。

他的一隻炮架在老帥旁，看住一側，前指對方，過了界河的只有一隻馬，一枚小卒。可是徐廠長急於進攻，他的防線存在許多漏洞，要是他再攻一步而不後防，那麼張勝臥底一將就能逼出他的老帥，這時那枚過河小卒就起到必殺的作用。

可徐廠長顯然沒有注意到這個危機，或者說他太熱衷於進攻了，張勝的半壁江山中，他至少有四套精妙的組合殺法吃掉張勝的老帥，這局棋太讓人興奮了，他拈著棋子只想著怎樣漂亮地贏這一局。

或許，張勝的那招殺棋他已經看到了，因爲張勝注意到他的目光一度停在自己那匹看似孤軍毫無殺傷力的馬上，但他最後還是一笑移回了目光。因爲張勝始終不曾看過那匹馬一眼，他緊鎖眉頭，一直盯著自己眼前的棋面，似乎在苦思解圍之道。

徐廠長就算看出了那步棋，他也不認爲張勝看出來了，低估敵人有時會犯大錯，當徐廠長提車準備進將時，他終於嘗到了輕敵的滋味，一匹臥槽馬、一枚過河卒、一隻海底炮，任他千軍萬馬，都來不及救援了。

「行啊，小子！」徐廠長哈哈大笑起來：「上當了，上當了，上了你小子的大當了，你這小子，夠陰的啊，裝得夠像，連我都瞞過了，哈哈哈……」

張勝笑嘻嘻地道：「不裝不成呀，廠長的棋下得太好，不偷襲我可贏不了。」

徐廠長笑著擺手道：「願賭服輸，願賭服輸。」

他抬起手腕看看那只歐米茄金錶，說：「哎呀，不行了，不能再下了，我去前邊證券交易所看看行情，然後還得趕回公司去。」

他站起來，走過去打開車門，又回頭道：「小張啊，我先走了，哈哈，看我下次怎麼收拾你小子！」

「好啊，廠長有空常來！」張勝客氣地站起來道別。

郭胖子打了個哈欠，掀開簾子從裏邊走出來，張勝正在那兒撿棋子，郭胖子在他屁股上踹了一腳。

「我靠！」張勝立即跳起來追殺。

郭胖子身材肥胖臃腫，別看他體胖，卻是個多愁善感的男人，他身體不好，心臟經常偷停，據他自己說，有時午夜心臟偷停，忽然醒來，望著淡淡的月光，想像萬一自己一睡不起，嬌妻就要改嫁別人、寶貝胖兒子就會被後爹欺負，經常想著想著便會黯然淚下。這樣的男人雖不至於感時花濺淚，恨別鳥驚心，如林妹妹那般情緒化，可是作爲男人也夠敏感了。

他見張勝跳起來和他鬧，忙笑道：「別鬧別鬧，我站著就嘩嘩淌汗，可受不了！」

張勝笑道：「不行，犯我菊花者，雖遠必誅！」

「要誅隨你，這個月的房租你一個人付！」郭胖子使出了殺手鐧。

一聽房租，張勝頓時就蔫了。兩個毫無經商經驗的人，頭腦一熱便跑來開飯店，守著醫學院的後門，學生倒是不少，可吃得簡單，頂多一個炒麵、一個馬鈴薯絲。每逢有球賽這邊才熱鬧些，學生們會一直坐到球賽結束，一人一碗麵條。

唉，三室一廳的房子，光是房租就兩千，大廚一千二，水案八百，兩個服務生一人五百，開業半年了，每個月把賬一結算，賺的錢勉強夠支付這些費用，合著兩人是來做義工的。

在這地方開飯店，啥時才能賺錢啊？想起目前的窘狀，兩人都換上了一臉愁容。

郭胖子沉默半晌，說道：「勝子，其實我一直在合計，咱們這飯店，是鐵定不賺錢了，聽說醫學院年底要開二院，調走一批學生，那時就更完了，你說呢？」

張勝歎口氣，問道：「郭哥，咱倆有話直說，你啥打算？」

郭胖子苦著臉搖搖頭：「咱們是倆愣頭青啊，當初怎麼就鬼迷了心竅呢？現在，黏在手上了，想脫手都不行，我一想起來就心急火燎的。咱們倆月以前就貼出兌店告示了，可就是盤不出去。人家做買賣都猴精猴精的，派了家裏人蹲咱門口數顧客，看吃啥，計算一天的營業額。請了親戚朋友來扮顧客，人家都看得出來，我是沒轍了。」

他一拍大腿說：「店盤不出去，開著只能賠錢，咱倆一天家都不回地忙活，可總這麼著也不是辦法，我合計……要不咱停業吧，東西賣一賣吧，只要回本就成。」

張勝經歷了一次次挫折，已經不像當初那麼天真幼稚、做事衝動了，小飯店的窘境其實他早就想過，只是沒到最後一步，他總是抱著一線希望，盼著能把店兌出去，儘量挽回損失，可是出兌告示貼了兩個月了，根本無人問津，反倒影響了生意，實在是沒有辦法了。

他坐那兒想了半天，歎氣道：「其實我也想過，唉，越想越洩氣，要不……下午把房東請來，炒幾個菜喝頓酒，和他商量商量，咱……不幹了！」

生活就像是在走迷宮，你永遠也不知道下面會發生什麼，就像你不知道你最後能不能走出迷宮，又或者這個迷宮根本沒有出口。命運就像一盤棋，如果已經走成死局，那麼除了擲子認輸另起爐灶，還能怎麼辦呢？對這兩個難兄難弟來說，他們現在就是一局死棋。

「那可不成！咱們一碼是一碼，兩位弟弟，大哥我不是難爲你們，咱們是親兄弟明算賬，對吧？咱們簽的合同是兩年，你們這才幹了半年，你說不幹就不幹了，我這店怎麼辦吶？你們要是兌得出去，照原合同給我交房租，我二話不說，可你們停業……不行不行！」

房東葉知秋三十五六歲年紀，個頭不高，黑瘦黑瘦的，額上頭髮稀疏，只得用幾綹長髮從側面撥過來，蓋住那紅潤得連髮根都看不見的前額頭皮。他喝一口酒，夾一口菜，吃得挺開心，可不管兩人說得多可憐，就是不鬆口。

郭胖子急了，氣得直喘：「我說葉哥，你這麼說也太沒意思了吧？我們哥倆這半年是白替你打工你知道不？我們賠得稀哩嘩啦的啊，我們也有老婆孩子要養，你這房子還是你的，你有啥損失？做人可不能太絕！」

葉知秋「啪」地一撂筷子，冷笑一聲道：「二位，我也沒逼你們吶，咱們的合同白紙黑字在那寫著，你們真的要停業，我也管不著，不過房租得照繳，不然就是違反合同，就得賠我違約金一萬元，這可是早就訂好的。」

郭胖子氣急敗壞地道：「哪有你這樣的啊？噢，合著我哥倆必須賠錢幹兩年，白替你打工？我不幹了，把房子賠給你都不行？天下哪有這樣的道理，你這不是逼良爲娼嗎！」

張勝沒說話，他在一旁冷眼旁觀，想摸清房東的底線，找機會盡可能又勸他解除合同，可是房東的話讓他心裏一沉，這房東……不是簡單人物啊。他也不說別的，繞了半天，只拿那一紙合同說話，什麼人情全然不講，這還怎麼談？

論爲人處事、社會經驗，他倆怎麼跟人家比呀？要有這房東一半精明，他倆剛失業的時候也不會被這個姓葉的騙得兩眼冒金星，生怕別人搶了風水寶地似的訂合同租房子了。

葉知秋微微一笑，絲毫不在意郭胖子的態度，很冷靜地說：「什麼道理？咱們一切按法律辦、按合同辦，這就是道理！」

他按著桌子掃了二人一眼，說道：「二位不知道吧？我小姨子可是政府官員，以前還學過法律，我這合同就是小姨子幫我起草的，保證合理合法滴水不漏，你有脾氣就去打官司，看看誰贏！」

郭胖子發了半天怔，一屁股坐了下去，壓得那椅子吱呀一聲，他側過身子，耍賴說：「葉哥，你還別拿這事兒壓我，我就是幹不下去了，你愛怎樣就怎樣吧！」

葉知秋輕蔑地看了二人一眼，淡淡地道：「咱們兄弟平時低頭不見抬頭見的，這半年下來怎麼也算有點兒交情，太絕情的話我還真說不出來。可你們這態度，要潑扯皮到我頭上了，那可是你們不仁，怪不得我不義。實話告訴你們，我小姨子一個電話，就能叫工商局的來封了你們的店門。看你們這一臉奸相，要說不偷稅漏稅，誰信呀？」

房東說著，拿起那塊黑磚頭似的大哥大，按了幾個號碼，親切地說：「焰焰啊，我是姐夫，嗨！你能有幾個姐夫啊？我是葉知秋，對，對，你在哪呢？哦？要去市政府辦事，現在到哪兒了？太好了，你順道拐到老房店面來，有人想找碴兒呢。」

「對，我也在這兒呢。是這麼回事，租我房子那倆小子想毀約不幹了，法律上的事你比我明白，對！就是這樣，好，我等你！」

葉知秋放下大磚頭，神氣地瞟了兩個可憐蟲一眼，伸手撥拉了幾下頭髮，把額頭正前方那彷彿開了光似的頭皮蓋住，然後提起筷子，夾起一塊九轉肥腸扔進嘴裏，又抿了一口五十六度的高粱燒，自顧吃了起來。

張勝看著那張爲富不仁的笑臉，忽然有種一拳把它砸成紅燒獅子頭的衝動！

一會兒工夫，一輛紅色小奧拓停在小飯店門口，車門一開，一個三十歲不到的年輕女人從車裏走了出來。

淺粉色的職業套裝，卻難掩前凸後翹的豐滿體型。一副金絲眼鏡，高高盤起的髮髻，在額前垂下幾縷瀏海，看起來既幹練又嫵媚。

兩瓣紅唇豐滿潤澤，唇膏是水晶色的，潤澤誘人，讓男人看了就忍不住逡巡幾眼，想來那性感的紅唇用來接吻，感覺一定不錯。不過，此時那年輕女人唇角下彎，粉面帶煞，鏡片下那雙杏眼著實有些盛氣凌人。

她一撥門簾兒，「嘩啦」一聲就闖了進來，後邊門簾兒尚在劇烈地晃動著，她已經出現在張勝和郭胖子面前。

粉紅職業裝的都市麗人對著郭胖子和張勝，眼光卻微微上瞟，皺著眉頭對二人頭頂的空氣說：「是誰想毀約呀？知不知道毀約是要承擔違約責任的？要想毀約，先拿一萬塊違約金出來。哪兒來的法盲，一點兒都不懂法律常識！」

葉知秋在一旁用感性的聲音念著旁白：「知道眼前這位是誰嗎？她就是……市計經委的崔知焰崔主任。」

其實他小姨子只是市計經委辦公室副主任，而且剛提拔沒多久，對這兩個土包子說話，當然官兒說得越大越好，再說，副字誰愛聽呀。

一見人家這趾高氣揚的架勢，張勝兩人的氣勢便爲之一挫，待這女人像機關槍似的，滔滔不絕地講了一堆契約、合同、法律的專業術語之後，兩人便只有瞠目結舌的份兒了。

看兩個小工人完全被震傻了，崔副主任很滿意地扶了扶眼鏡，帶著一種優越感總結說：「因此，你們要是繼續營業，或是轉租出兌，這都沒有問題。你們停業也是你們的自主行爲，和我姐夫無關。但租房期是兩年，你們必須繼續履行合同，如果因你們違約影響了我姐夫的經濟利益，那麼你們要負法律責任。我姐夫的合法權益是受到合同保障的，這份合同，是受法律保護的，我希望你們考慮清楚，否則，我會起訴你們。」

郭胖子這時嗖地一下站了起來，嘴歪眼斜地扯住那婦人，哆嗦道：「你……你們……不能這麼欺負人啊！你們這是……往死裏逼我們吶！」

崔知焰厲聲道：「放手！不要和我拉拉扯扯的，否則我要告……」

「撲通！」郭胖子搖晃了兩下，兩手胡亂抓了兩把，一下扯掉了崔主任的皮包，然後一頭栽倒在地。他落地的造型非常壯觀，碩大的肉軀忽地向前一倒，重重地砸在地上，地皮都為之一顫。

「這……這是怎麼了？」威嚴無比的崔主任見此情景也慌了。

張勝知道郭胖子這是氣急之下心臟偷停了，忙撲上去叫道：「不好，他有嚴重的心臟病，一急就容易犯病！」

張勝知道郭胖子衣袋裏有藥，急忙在他身上翻起來。

崔知焰也慌了，她雖瞧不起這倆臭工人，可要是逼出人命，一旦上了報紙，哪有她的好話？自己是什麼身分？多少人盯著她的位置呢，這才上任三個多月，犯得著為這麼兩個小人物壞了前程嗎？

她急忙蹲下來，對著郭胖子的頭臉一陣亂拍。張勝從郭胖子衣袋裏摸出「慢心律」給他拿水灌服了，又不斷地撫胸壓胸，忙得一身臭汗，郭胖子總算悠悠醒來。

崔知焰一見，不由得鬆了口氣，旁邊葉知秋也連拍胸口，這一會兒工夫，他汗都下來了。這要是逼死人命，少不得纏上一場官司，再說這房裏要是死了人，誰還敢租這房子做買賣？不吉利呀。

張勝見此情形，心中忽然一動，知道自己的機會來了，他不求訛人，只希望能藉此擺脫這家飯店。此時郭胖子剛醒，不能動他，張勝便幫崔知焰撿起皮包和散落在地上的文件，想緩和一下彼此之間緊張的關係，然後再用郭胖子的病做做文章。小人物無論知識、見識、地位還是能量都居於弱勢，就只能充分利用小人物的智慧來擺脫困局了。

他往皮包裏塞文件時，看到一份文件上寫著《關於設立橋西高新技術產業開發區的立項報告》。這種政府大事和他張勝無關，他也沒往心裏去，直接把文件塞回去，然後把包遞到崔知焰手上，崔知焰冷哼一聲，接了過去。

張勝穩定了一下情緒，陪著笑臉對崔知焰說：「崔主任，你也看到了，我倆都是失業員工，生活本來就艱難得要命，又不會做生意，他又有嚴重的心臟病，我們真的快被折磨瘋了……」

崔知焰皺著眉頭望了眼店外，見店裏冷清，此時沒客上門，除了店裏的大廚、水案和服務員，沒人看到這一切，這才冷冷地說：「做買賣就要有承擔風險的勇氣，你們這個樣子，我很難和你們說話。我還要去市政府辦事，跟你們可耗不起。」

張勝聽她的話裏有了鬆動的意思，馬上趁熱打鐵道：「您就當發發善心，畢竟這房子您本來就閒置著，其實再租也不是租不出去，再租租不出這價我倒承認，可這地段不賺錢，它確實不值一個月兩千啊。」

「不瞞您說，我自打開了這小飯店，對這方面也比較注意，電力學校那地段比這熱鬧，可人家同樣的房子一個月才一千二，您這價我們真的是有賠無賺呀！」

郭胖子躺在地上像垂死的豬一樣，呻吟一聲表示贊同。

崔知焰差點兒逼出人命，口氣也不再那麼凌厲了，她看了看姐夫，放緩了語氣道：「你們的困境……我們也是瞭解的。不過我們也是按合同辦事嘛，又沒有強租逼租。」

「我現在還有急事……這樣吧，晚上我和姐姐、姐夫再商量商量，明天給你們答覆，你們也別著急上火的，我們不是不通情達理的人。」

張勝一聽心裏一塊石頭落了地，忙道：「是是是，崔主任畢竟是政府裏的人，能體諒我們小工人的難處，那我這先謝謝您了！多謝崔主任、多謝葉哥，您二位大人大量……」

張勝眼角一瞟，見郭胖子要坐起來，心裏不由暗罵一聲：蠢豬，現在就指望著你裝死呢，你著急起來幹嘛呀？

他忙趁人不備在郭胖子腰眼上輕輕踢了一腳，幸好豬也有靈光一現的時候，郭胖子接到指示，剛剛離開地面的後背馬上抽搐了幾下，做出一個氣息奄奄的造型，吧唧一下又躺了下去，倒把那崔主任和她姐夫弄得又是一陣緊張。

張勝忙說：「吃了藥得緩一會兒才能平靜下來，我看著他就行了，您崔主任是貴人，工作忙，我就不留您了，明天我等您的好消息！」

崔知焰和葉知秋腳底下躺著個不知道啥時候咽氣的胖子，早就坐立不安了，巴不得聽到這句話，一聽張勝這麼說，兩人趕忙撂下幾句場面話，匆匆離開了飯店。

送走了崔副主任和房東葉知秋，張勝歡天喜地的跑回來，扶著郭胖子說道：「郭哥，我的親哥唉，你今天這病犯得可真是時候，當初咱怎麼就沒想到用這一招呢？我聽他們的口氣是服軟了，咱倆說不定就要解脫了。」

郭胖子呻吟一聲，淚水漣漣地往懷裏摸東西，那模樣活像要交最後一次黨費。

「先不說這個了，兄弟啊，我剛才是在鬼門關上轉了一圈兒啊，那時候不知道怎麼，腦筋特別清楚，我就一直想，一直想……我要是死了，我那麼漂亮的老婆會便宜了誰呢？我兒子可怎麼辦呢？想著想著我就想哭！」

郭胖子身體不好，工作一般，可他老婆確實漂亮。

張勝見過郭家嫂子，郭家嫂子的名兒挺俗氣，叫趙金豆，名字雖俗，可卻是掐一把都出水兒的大美人。只因她是農村戶口，郭胖子是城市職工，才娶了這麼個嬌滴滴的娘子，要不然他做夢也攀不上人家，難怪他整天惦記著。

此時張勝心中歡喜，倒還有心思和他開玩笑，便笑道：「放心吧郭哥，咱倆誰跟誰啊，你要是去了，你兒子就是我兒子，你老婆就是我老婆，我一定把大的餵得白白胖胖，小的餵得胖胖白白！」

「去你的！」郭胖子白了他一眼，因爲飯店結束有望，他的心裏也輕鬆了許多，一時便生起閒心來，也不忙著起來，他緩緩坐起來，先從上衣口袋裏摸出一張相片，非常慈愛地看著說：「你看，我兒子，和我多像。」

張勝一看，郭胖子抱著兒子照的半身照，郭胖子還穿著袁大頭的帥服，爺倆的確像是一個模子裏刻出來的，忙道：「是啊，長得太像了，對你兒子來說這真是一種悲哀，不過對你來說，卻是莫大的安慰，要不就憑嫂子那麼漂亮，你怎麼判斷這兒子是不是你的呀，嘿嘿嘿。」

「我說你別鬧行不行？」郭胖子瞪他一眼，撫摸著照片感傷地道：「你呀，心裏不會有我這種感覺。真的，勝子，我告訴你，要是一個人不知道自己什麼時候就會死掉，他就特別珍惜眼前的一切，特別愛他親近的人，真的，特別特別地愛。」

張勝沒多理會郭胖子的心思，把倒了的凳子扶起來，對一邊看熱鬧的服務員說：「行了，今天也沒啥客人了，咱提早打烊，大家收拾一下。」

因爲聽說要停業，服務員對老闆馬上就沒了以前那種恭敬，懶洋洋的不愛動彈，這扶一把，那挪一下，根本就是應付差事。張勝看了也不說破，只是歎了口氣，自己收拾起屋子來。

他拿著抹布，慢慢地擦著油膩的桌面，心裏想著：「飯店開不下去了，就算房東肯放一馬，以後幹點兒啥呢？」

「唉！」他歎了口氣，抹布在桌上劃著圈，擦著擦著，一幅畫面忽然電光火石般躍上心頭：他拿起皮包往裏塞文件時無意中看到的那個標題《關於設立橋西高新技術產業開發區的立項報告》。

這句話什麼意思？橋西現在是郊區啊，那裏只有兩個村和大片的荒灘，政府要在那裏設立經濟開發區？記得前幾年政府在太平莊旁邊修了條國道，沿路的房價馬上飆升起來。那麼，橋西郊區的地……

張勝的眼睛亮了起來……

飯店事件因為郭胖子的「死諫」得以順利解決，房東一家人大概也仔細商量過了，這個地方確實不景氣，周圍開飯館的大多是個人私產，沒有房租壓力，賺一分是一分，即便有租房的也在一千元上下。

當初也只有張勝和郭胖子這對毫無從商經驗的白癡，聽信了葉知秋描繪的美好藍圖，又不會砍價，這才以這麼高的房租把房租下來，還被騙得一簽就是兩年。

這兩人沒有飯店經營經驗，社會關係又少，真讓他們開下去，只能坐以待斃，萬一逼出人命那就得不償失了。再說，兔子急了還咬人呢，這兩年報上沒少報導一些被逼得無法生存的小人物，一怒之下殺人自殺的消息，這倆小子可知道他葉知秋的住處，要是這倆人不想活了，跑來把他給捅了，那時找誰喊冤去呀？

所以葉知秋權衡一番，接受了小姨子的勸告，終於鬆了口，同意解除合同。

不過張勝還是領教了崔副主任的厲害，儘管郭胖子有心臟病，崔知焰小姐還是充分發揮了她的鐵口鋼牙，和他們從中午一直談判到晚上，錙銖必較，直說得兩人精神崩潰，答應桌椅板凳全部留下，砌的灶台搭的直到樓頂的煙囪也雙手奉送，這才得以脫身。

遣走了雇工，兩位窮老闆一算賬，幹了半年，一人賠了三千八百塊錢，本錢各拿回了九千。兩個苦哈哈雙手空空地走出了為之奮鬥了半年的小飯店，漫步在街頭，簡直恍若一夢。

張勝思索著橋西開發區的事是真是假，如何利用這條重要資訊致富，郭胖子卻在尋思是否回郊區和岳父岳母一塊種地務農，只是……唉，媳婦好不容易跳出農家，她那一關怕是難過。

前邊立交橋下一個短褲熱衫，長腿細腰的美女翩然而過，大夏天的，穿得少，淡黃的衫子有點透明，露出裏邊白色胸罩的顏色，那胸罩薄薄的，胸前高傲地頂起兩團，隨著那悠長的大腿邁動，顫顫巍巍，極富質感。

郭胖子雙眼放光，頓時拋開了煩惱，眼珠子癡癡地追隨著美女的倩影，大發感慨道：「這麼熱的天，她們女人還戴胸罩，也不嫌熱。」

張勝拍了他一巴掌：「她要是不戴，你就會熱啦！怎麼樣，想好以後幹點啥了嗎？」嘴裏說著，他的眼睛也直勾勾地盯著美女白花花的大腿和被紅色小熱褲繃得緊緊的挺翹美臀。

開發區的事，張勝倒不是有心瞞著老朋友，只是這事八字還沒一撇，而且他只是憑直覺覺得這是一個難得的機會，還沒有想出什麼頭緒，不知道該如何運作、如何利用，風險也大，自然不便和郭胖子說出來。

當初開飯店就是他先提議的，可那只是腦門一熱想出的主意，連考察都沒做，就迫不及待地把安置金投進去了，雖然早就說好風險自擔，他還是覺得愧對郭胖子，這回風險更大，他可不敢隨便把哥們拉進來了。

郭胖子歎口氣道：「還能幹啥？我是富貴身子窮人命，啥也幹不了，回去和媳婦商量一下，不能坐吃山空，先去幫著媳婦擺攤，再不然去鄉下幫著岳父種種菜啥的，然後慢慢想辦法，你呢？」

張勝苦澀地一笑：「我？我還沒有目標，慢慢找，總有辦法的！」

郭胖子點點頭，默然半晌道：「我先回去了，媳婦在二路小商品市場擺攤呢，我去幫幫忙，順便和她說說！」

張勝嗯了一聲，說道：「行，去吧，我也考慮考慮前程。咱們找機會再聚！」

兩個人握了握手，各自騎上車，反向而去。

頂著火辣辣的太陽，張勝無精打采地走著，他想先回家，又想去橋西走走，那邊幾乎從未去過，他想先瞭解一下那邊的情形，再琢磨自己的機會在哪裏。

張勝心思搖擺不定，騎著車朝家裏走了一陣兒，想想又拐向橋西，走一陣又拐回來，這麼折騰了一陣，他終於下定決心，先去橋西郊區看看。

騎過幾條街，張勝忽然在路邊看到一個熟悉的身影，她穿了一身淡黃色的連衣裙，正輕盈地走著，蠻腰一擺、長腿錯落，天氣雖熱，可是看了她的美態，卻讓人心底如同掠過一片清爽的風。

她的小腿曲線纖秀，裙擺搖曳過處，白皙的後腿看了都能讓人感覺出她的大腿是多麼修長標緻、骨肉勻稱。還有她連衣裙下纖腰細細、酥胸高挺，走過時有一種似動非動的軟彈感，讓人望而銷魂。

「鄭小璐！」張勝下意識地叫出聲來，這一聲出口，立即有些懊悔。

前邊的女孩一回頭，瞧見是他，臉上頓時露出了甜甜的笑容：「張哥，這麼巧呀，你這是去哪兒？」

張勝從自行車上下來，有點結巴地說：「哦，我……沒……什麼事兒，隨便逛逛。」

鄭小璐和他同是三星印刷廠員工，廠子成為合資企業後，改名為大三元彩印廠。張勝被裁員了，鄭小璐被留下來。她是個很善解人意的女孩，一見張勝的窘態，立即乖巧地岔開了話題。

兩個人聊了一陣兒廠裏的變化，鄭小璐低頭看了眼手錶，她梳著馬尾辮，這一低頭，便露出一截修頸，頸子滑潤白皙，給人一種異常細膩的感覺，張勝不禁貪戀地掃了一眼。

鄭小璐抬起頭，淺淺一笑，頰上又露出那對迷人的笑渦：「張哥，我約了朋友一塊逛街，改天有機會再聊吧，我走了！」

張勝忙道：「你忙你的，有空再聊！」

看著鄭小璐遠去的背影，張勝的眼中流露出一絲落寞。

鄭小璐一直不知道張勝在暗戀她。對鄭小璐，張勝有種很特殊的感覺，鄭小璐很美很清純，但是同她一樣可愛的美女並不是沒有，可是看了都不能給張勝這麼深的感覺，一種觸動靈魂的感覺，這大概就是一見鍾情吧。

後來，財務處長麥曉齊開始追求鄭小璐，麥處剛剛三十歲，儀表堂堂、年輕有爲，雖說他離異過，可這絲毫無損他的魅力。他是一個成熟瀟脫的男人，在他面前，張勝只是一個男孩。

從那天起，一對天造地設的戀人出雙入對，張勝連暗戀的幻夢也破滅了。

想起這些往事，張勝心酸地笑了笑。

人家確實般配，鄭小璐已經找到她的人生幸福了，可自己呢，還一無所有。

如果，自己當初不是那麼卑微，會沒有勇氣對她表白、追求麼？

今後，總會遇到第二個讓自己心動的女孩的，如果那時又有一個條件優越的競爭者怎麼辦？什麼叫真愛無價？如果一個富翁和一個乞丐都是很真心地愛著同一個女孩，那麼這女孩就算是把真情放在第一位，她會選擇誰？

你可以嘲笑有錢人以示清高，可是一無所有的你，拿什麼來證明你是一個有能力的大人？大言不慚地說一句「我愛你」，就能給人幸福了麼？

生活的艱辛告訴他，生活是柴米油鹽，談情說愛只是調劑。說到底，要想讓人家愛你，就得先自愛，就得有讓人青睞你的本錢。

現在機會來了，知道要開發橋西的人還沒有幾個，這個機會如果能抓住，能利用好，自己的一生可能就會因爲這個無意的發現而改變，從此走上完全不同的道路。

無意中遇到心儀的女孩，激發了張勝的雄心，更堅定了他一搏的鬥志，他在心裏暗暗發誓：「只要肯拚，我也能贏！我不會永遠這麼卑微，這個機會，無論如何，我一定要抓住！」

走到西站盡頭，在狹窄殘破的柏油馬路上再騎十來分鐘，才能看到橋西郊區那一大片空曠的土地。

站在高處往前看，除了被分割得凌亂不堪的菜地，就是完全荒棄的空曠地了。近公路的地方，被偷偷拋置垃圾的企業傾倒的工業垃圾堆得像一座座小山。

再遠些，是一條小河，河水烏黑黏稠，看起來像石油似的，散發著惡臭。原來這河應該很寬，因爲兩邊的地面看得出來原來也是河道，只是現在已經乾涸了，河底被挖沙的人挖得像癩痢頭似的，深深淺淺都是坑。

這裏有兩個村莊，大王莊和小王莊，照理說城郊的房子不該這麼破敗，可是站在坡上看，莊子都不大，到處都是高矮起伏的破房子，村落毫無生氣。倒是貼著公路邊開著的一些小飯店和修車鋪子還有幾分人氣。

張勝心裏有點兒發涼：這個地方……真的會開發麼？如果市政府改變主意了怎麼辦？

那時開發建設還不像現在這麼完善，現在從立項、規劃、審批、拆遷、開發各個步驟既科學又嚴密，要經過反覆論證再三研討，最後拿到市委常務會議上討論多次才能通過。那時候制度不完善，程序不科學，一些領導爲了政績，常常一拍腦門想個主意就匆匆上馬，工程進行到一半，發現可行性太低便半道擱置的專案，屢見不鮮。

所以儘管張勝並不懷疑那份文件的真實性，但他擔心政府會改變計畫，立項報告還不是正式規劃，只是提供給領導層的一個建議，不一定會審批下來，更無法確定什麼時候才能批得下來。要說快，只要主要領導拍板同意，一個月後平地出現三層樓也辦得到，要說慢，等上十年還是它，這條訊息到底有多少價值？

張勝站在那兒沉吟半晌，蹲下來抽了根煙，然後把煙頭一丟，沿著一條歪歪斜斜的小道走了下去。前邊幾畦大白菜長得挺不錯，看得出來，如果這一帶不是離城市太近，被工業垃圾污染嚴重，河道又斷了水，原本應該是很肥沃的一片農田。

菜地旁有一個農民，旁邊停著一輛運水的三驢蹦子，那老農正用桶接了水灌溉。張勝便和他搭訕：「大爺，這一帶怎麼這麼荒涼啊？」

那個滿臉皺紋的老農抬頭看了他一眼，一邊舀著水澆地，一邊說道：「可不是嗎，我們村的人都受不了，有點兒能耐的人都遷到蔡家屯那邊去住了，青壯年沒地可種，大多外出務工，這老莊都沒啥人住了，我是不捨得這塊地就這麼廢著，這兒坡高，還沒被污染呢，才在這種點兒菜，不過得大老遠地拉水來澆地，唉，我也就是鬧不住，要不也不擺弄這地了！」

張勝點點頭，若無其事地叉著腰四下看看，隨口問道：「大爺，要是在這地方買塊地皮……得多少錢？」

老漢驚訝地看了他一眼：「這地方還賣得出去？買來有啥用？要水沒水，要收成沒收成，整天守著聞這臭味呀？你買來幹什麼？」

張勝忙順口胡扯道：「是這樣，我吧，想搞個高科技蔬菜大棚，離城近點兒，運輸方便。」

老農笑道：「這兒連水都沒有，你怎麼種菜？」

張勝說：「這個……打幾口深井，採用滴水灌溉，高科技嘛，肯定不能用傳統方法種。」

老農哈哈大笑，說：「深井也不行，污染太嚴重，用自來水還行，就怕那樣種出來的菜本錢太高，你也沒幾分賺的。」

他頓了頓，往遠處一幢房子一指，說道：「挨著河那處瓦房，就是我家的，前後院的菜地加起來小一畝，再加上三間瓦房，只要給我一萬元，我就賣給你。」

張勝吃驚道：「這地……哦，這房只賣一萬元？」

自打昨天存了買地的心思，他和別人閒聊時順口問過郊區的地價，一般來說，當時一畝地在一萬五到三萬不等，具體價錢要看是生地熟地、瘦地肥地，還得看用途和環境。

他當時估計橋西郊區的地至少也得兩萬多一畝，想不到這兒工業垃圾、工業廢水硬是把大片良田變成了垃圾場，結果連帶房子的地都這麼便宜。這老漢說是一萬，再講講恐怕還能把價降下來。

老農哈哈笑道：「你當是市中心的房子呢？這兒的破房不值錢，看這環境嘛，瞞你也瞞不住。」

張勝看了看他這一大片菜地，咽了口唾沫說：「那這菜地……多少錢一畝？」

老農又接了桶水，搖著頭說：「那我可沒權賣，村裏重新分了地的，這兒沒人管，我才回來種種，你要買大片兒的地，得和村支書還有鄉裏領導去談。」

「鄉裏領導？」張勝心想：「就我混成這樣，鄉官也懶得和我談生意呀。」

張勝快快地點點頭，說：「嗯，謝謝你啦，大爺，我再……四下考察考察。」

老農提著桶灑了幾勺水，直起腰來望著張勝的背影咂咂嘴，咕噥道：「啥高科技種菜啊，這孩子怕是個找不到活路的失業勞工吧？我們農民有工作能活，沒工作也能活，這些城裏孩子沒了工作，就不知道怎麼活，怪可憐的！」

張勝四處轉了一陣，踱到一家飯店的後院兒，挨著那破磚頭和石頭壘的牆尋思著心事：「這村兒這麼沒落，又緊挨著城區，就算我當市長，也不會任由城邊上荒著一片地當垃圾場，計經委的那份立項報告不會是無的放矢，說不定就是哪位領導決心開發橋西，授意他們起草的報告。」

「我看開發的事兒八九不離十，如果帶房的地一萬一畝的話，那這片近乎荒廢的土地估計也就五六千一畝了，我手裏的現款估摸著能買一畝半地，要是轉手，怎麼也能翻幾番，可是……那也不夠吃一輩子呀，老天爺給了我一個難得的機會，就讓它這麼從手裏溜走，那我可真成廢人一個了！」

張勝不禁想起了兒時的玩伴，原來和他住在一個大院的二肥子。二肥子小時候整天拖著兩道鼻涕，盡受小夥伴欺負。長大了也邋邋遢遢，老遠就能聞到他身上一股汗餿味兒。可人家現在混得如何？

自己老爸挖關係走後門、請客送禮地把自己安排進國營廠子當電工時，二肥子曾找他合夥經營一家外地啤酒在本地的代理，當時覺得還是有個穩當工作保險，沒答應。結果幾年下來，人家現在早搬到市中心去住了，自己不就是看到機會沒膽子抓嗎？

張勝想到這裏，輕輕地歎了口氣。

這家飯店經營的是農家殺豬菜，後院裏正有一頭大肥豬快活地哼唧著，絲毫沒有屠刀臨頭的煩惱，牠低著頭歡實地吃著飯店的殘湯剩飯，不時還快樂地搖搖小尾巴。

張勝看著那頭不知愁的大肥豬，心想：「我要是光想著混，就跟這頭豬一樣，也不是活不下去，可是我能像豬一樣活著，能像豬一樣快樂嗎？」

他忽然狠狠一捶牆頭，轉身便走。

「風險不是沒有，可是……拚了！」張勝站在大路上想。

遠遠的，「農家殺豬菜」的後院兒傳來一聲女人的咒罵：「這是哪個缺了大德的，把石頭推下來砸了我家的豬食盆啊？」

張勝吃過晚飯就回了屋，坐在陽台上，打開窗戶望著滿天星辰，一根接一根地抽煙，想著自己的心事。他現在已經有八成把握確定市政府開發橋西的意向了，現在要考慮的就是啓動資金的來源。

這種機遇，一輩子可能只有一回，一定要盡可能地從中牟得利益。僅靠手裏不到一萬元的本金，哪怕再和父母借點，也是小打小鬧。要想幹一次大買賣，這錢從哪兒來呢？

張勝把他認識的人仔細思考了一遍，這些人裏有能力拿出一筆錢去買地皮的只有兩個，一個是從小住一個社區的二肥子，一個就是徐廠長。二肥子現在發達了，早就搬離了社區，已經聯繫不上。幾年不見，彼此早就疏遠了，就是找上門去，對方怕也很難答應。

第二個就是徐廠長，現在認識的有權有勢的人好像只有一個徐廠長關係親近些，可是……要怎麼請他幫忙呢？借款？紅口白牙的，什麼東西也沒有，誰敢借這麼大一筆款子給他？要不然拉他入夥？他會不會相信？肯不肯合作？如果聽了消息，拋開自己單幹怎麼辦？

張勝苦笑一下，身處社會最底層的他，即使機遇就在眼前，想要抓住，也很難很難……

張勝在徐廠長辦公室門口站了半晌，才鼓起勇氣敲了敲門。

徐廠長抬頭見到張勝，有些意外，但隨即站起來，熱情地說：「小張來啦，哈哈哈，快請進，快請進，今天怎麼有空兒回廠啊？來，坐坐！」

他摸了摸頭，陪同張勝笑瞇瞇地走回座位，抓過香煙點燃一根，然後把煙盒丟給張勝。

廠子合資之後，廠長辦公室的環境也改善了許多，徐廠長原來主抓財務，外資到位後，外資方派了主管財務的副廠長，他現在主抓供銷，不過很多訂單都由總廠直接發下來，他們只是按單生產，所以不是很忙。

張勝在他對面坐了下來，說道：「哦，先不抽了，謝謝廠長。今天來，的確是有點兒事要和您商量。徐廠長，我的小飯店經營不善，昨天我把它停了……」

徐廠長吃驚地道：「前天我路過不是還開著麼？怎麼說停就停了？喔……小張啊，你是想讓我幫幫忙回來找份工作吧？這可難辦啊，現在廠子裏的事都是外資方的幾位領導拍板。」

他爲難地撥拉著頭髮：「這個……傳達室打更的……哎呀，辦公室的老方安排了他老舅，麻煩呀……」

張勝連忙擺手道：「不不不，徐廠長，您誤會了，我不是想回廠找活幹。實話對您說吧，我聽說了一條極有價值的消息，能賺大錢。我沒有什麼有能力的親戚朋友可以幫忙，我想……認識的人裏既有本事，對我還挺關照的，也就是您了，所以……」

徐廠長一聽失笑道：「極有價值的消息？哈哈，小張啊，你是挺穩重挺踏實的年輕人，怎麼也學會開皮包公司對縫了？哈哈哈，你說說，是什麼消息？」

張勝臉有點紅，訥訥地道：「要說對縫……還真差不多，我既沒本錢，又沒人脈，說起來，要辦成這事還得靠您。我唯一能做的就是提供這條能發大財的消息給你，只是……您要是知道了，把我甩開自己幹……徐廠長，您別生氣啊，我不是懷疑您，這也是在商言商，咳！不瞞您說，我讓小飯店的租房合同給噁心怕了。」

徐廠長哈哈大笑起來：「行了行了，有什麼消息，你儘管說，你在廠子時，我是廠長、你是員工；你離開廠子了，咱們也是交情不錯的棋友。在社會上，我徐海生也是條響噹噹的漢子，過河拆橋的事那是人幹的？你放心，真有價值，少不了你那份兒！」

張勝一咬牙，心想：「不找他，我唯一能做的就是拿自己的本錢去賭，買上一畝地，翻他幾番，賺個三五萬到頭了。說給他聽，就算真甩開我，我照樣是這結果，只能賭了，再磨嘰下去，徐廠長怕還不愛聽了。」

想到這兒，張勝爽快地說：「行，那我就說給你聽。徐廠長，前天我和郭胖子合計歇業不幹了，請了房東來談，他的小姨子是市計經委的一個主任……」

徐廠長聚精會神地聽著，等張勝說完，他夾著香煙出神地想了半晌，這才目光一閃，撣撣煙灰，抬眼看了看他：「你確定？這麼說，你的依據就是……那位崔主任皮包裏的一份文件？你……只看到了一個標題？」

張勝點點頭，說：「是！但我相信，這條資訊是真的，我還趕到橋西去看了，那裏兩個村子從去年開始就在陸續搬遷，村子現在特別蕭條。在城市邊上，那麼一大片土地空著，政府不利用，難道拿來當垃圾場嗎？所以，我敢確定這消息的真實性！」

徐廠長微微搖頭：「你想得太簡單啦，不止是開不開發橋西的問題，還要考慮什麼時候開發，要是現在買進一大片地，一放十年，拖不起呀，你當是個人家裏那點兒存款嗎？」

張勝著急地說：「徐廠長，這真是千載難逢的機會啊，等消息傳開了再去買地，那還買得到？能先富起來的人，都是先行一步的人吧？」

徐廠長聽了這句話似乎有些心動，他抬眼看了看張勝，沉思起來。

以他對張勝的瞭解，這個年輕人很誠實，絕不是那種聽風就是雨的毛躁小子，他說出來的消息，肯定是他親眼看到的。問題是他知道的消息實在太少了，那是政府的一個意向？還是一個已經決定實施的項目？現在還無法確定。

政府部門的很多意向，時常會因爲各種因素而變更，如果這個意向取消怎麼辦？如果政府開發橋西的計畫延遲幾年，或者因領導層的變動而擱置怎麼辦？這可不是一筆小數目，如果大把的資金砸在那兒，橋西還是一片荒蕪的爛地，那時想脫手保本都難。可是……如果這消息確實呢？暴利啊，頃刻之間翻幾番甚至十幾番的暴利，那是多大利潤？

立項報告遞上去，市政府一旦審批同意開始規劃，那麼特權階層、背景複雜消息管道靈通的人就會得到消息，不必等政府決定正式宣佈，那裏的地就會被瓜分一空了，那時再想擠進去分一杯羹，談何容易？

想了許久，徐長廠抬起手向下壓了壓，示意張勝坐下，然後拿起電話撥了一個號碼，片刻工夫，電話接通，徐廠長臉上露出笑容：「老侯啊，是我，海生。呵呵呵，哪裏哪裏，你是大忙人嘛，無事豈敢打擾啊？哈哈哈……」

他的腰直了直，身子向前傾過來，臉上變得嚴肅了些：「老侯啊，我聽說政府有意在城市周邊地區建設一個經濟開發區，你聽沒聽說類似的消息啊？」

「在哪兒設立？哈哈，我也是道聽塗說了一點傳聞，這才向你打聽嘛，你是政府官員，你都不知道，我哪兒知道呀。什麼？你沒聽說過這方面的消息？嗯……現在謠言滿天飛，是不能輕信，好好，那你先忙，改天咱們吃飯再聊。好好，再見！」

徐廠長放下電話，雙手十指交叉，目不轉睛地看著張勝。

張勝著急地道：「這種消息，政府公開宣佈前肯定屬於絕密，如果風聲早傳開了，咱們現在去買地都晚了。徐廠長，我真的確信這是個千載難逢的機會，能獲得的回報值得冒一次險！」

徐廠長吸了口氣，又點起一根煙，站起身來在辦公室裏踱起了步子，張勝坐在那兒看著他，等著他最後的決定。

「小張啊，資金的問題，我是能幫上忙，不過這畢竟不是一筆小數目，你得容我好好想一想，是吧？這樣吧，你先回去，我再考慮考慮，考慮清楚了我給你打電話，你有手機沒有？」

張勝一聽，心頭便是一沉：「徐廠長這麼說，不是想甩開自己單幹，就是不相信自己的話。想借東風的計畫，看來是沒有希望了。」

不過徐廠長最後和他要電話，又給了他一絲希望，張勝忙說：「我沒有，我把傳呼號給您寫下來，哦，對了，我家樓下小賣部有部電話，你就說找我，一定能找到，我這幾天都在家。」

張勝匆匆地把傳呼號和樓下小賣部電話都抄下來遞給徐廠長，徐廠長笑道：「那就好，這件事我晚上想清楚，回頭再聯繫。」

「好，徐廠長您忙著，我先告辭了。」

「好好，那我不遠送了。」

房門一關，徐廠長便淡然一笑，將那寫著電話的紙條順手一團扔進了紙簍。

徐廠長冷冷一笑，回到座位上翻開名片冊開始打電話。

「馮區長，我是小徐啊，對對對，三星印刷廠的小徐。您好您好，對對……」一番寒暄之後，徐海生話鋒一轉，問道：「對了，我聽人說市政府要在郊區有一項比較大的開發專案，您聽說過這方面的消息嗎？什麼？從沒聽說？哦哦，好像聽人提過，順嘴問一句。沒啥事兒，就是有日子沒聯繫了，給您打個電話問候一下，好好，改天請您喝酒。」

撂下電話，徐廠長又撥了一個號碼：「呂秘書，我是老徐啊！哈哈哈……」

「季局長，我是徐海生啊，哈哈哈……」

電話打了一通，始終沒有消息，徐海生撂下電話，皺著眉頭在屋裏走了幾圈，又抓起了電話。他本來不想打給計經委的朋友，因爲關係一般，他怕打草驚蛇，可是現在他已經沒有別的消息來源了。

「喂，計經委嗎？請鄒科長接電話……小鄒啊，你好你好，我是徐哥，對對，有件事向你打聽一下，聽說市政府要在郊區搞一個大項目，你聽沒聽到這方面的消息？什麼，你聽說過，快說說，快說說……哦，哦哦……」

撂下電話，徐海生難捺激動的心情，立即又抽出一根煙叼在嘴上。鄒科長瞭解的情況也不多，不過多少說了一些情況，計經委的規劃立項報告的確打上去了，但是市政府批不批、何時執行，就不是他能掌握的情況了，這麼說來，張勝的消息是真的。

可這樣一來，也預示著風險是無法避免的，如果等到市政府批准這項計畫，恐怕消息早就洩露給耳目更加靈通的人了，政府一旦立項，土地所有權上收，國土局丈量造冊，那時再大規模買地，怕是誰也沒有那個膽子賣給他了。

想發財就得搶在政府的最終決策出來之前，也就是要自己判斷大勢，依據遠期目標來確定是否投資。一旦判斷準確，在政府公佈開發計畫之後，就可以用至少翻幾倍的價格賣給政府。

政府把使用權轉售給土地開發商，然後經房產商再開發，最後轉手給企業或個人，在這個過程中，土地所有權從集體變成國家，使用權也完成了一個完整的轉移過程。

在這個轉換的過程中，從農民手中買地的時候價錢非常低廉，而經過房產開發後再賣出去時，價錢是當初的十倍甚至百倍，這中間的差價利潤大得驚人。哪怕只享用前期的轉賣利潤就有兩倍到三倍，他還有房產開發界的朋友，完全可以參與後期運作，那樣的話，暴利之大……

可是……風險啊……市政府批不批准立項要賭，批准立項的話，什麼時候執行還要賭，現在這世道，手中只要有資本，賺錢的門路多得是，如果在這片地皮上長期佔用一筆鉅資，那可得不償失。況且，自己能動用的資金現在都派著用場，要投資這一塊兒只能貸款，為了一個虛無縹緲的消息，風險是不是太大了些呢？

「風險、暴利，暴利、風險……」

不同的可能、不同的結局在他心裏反覆交鋒，徐廠長忽然停下腳步，眼中露出一股猙獰的殺氣：「寧殺錯，勿放過，這個機會不能放棄！可是，風險實在是太大了，我不能出頭，張勝那小子……本想一腳把他踢開，現在想來，他倒是可以做一隻馬前卒！」

《獵財筆記》陸續出版中

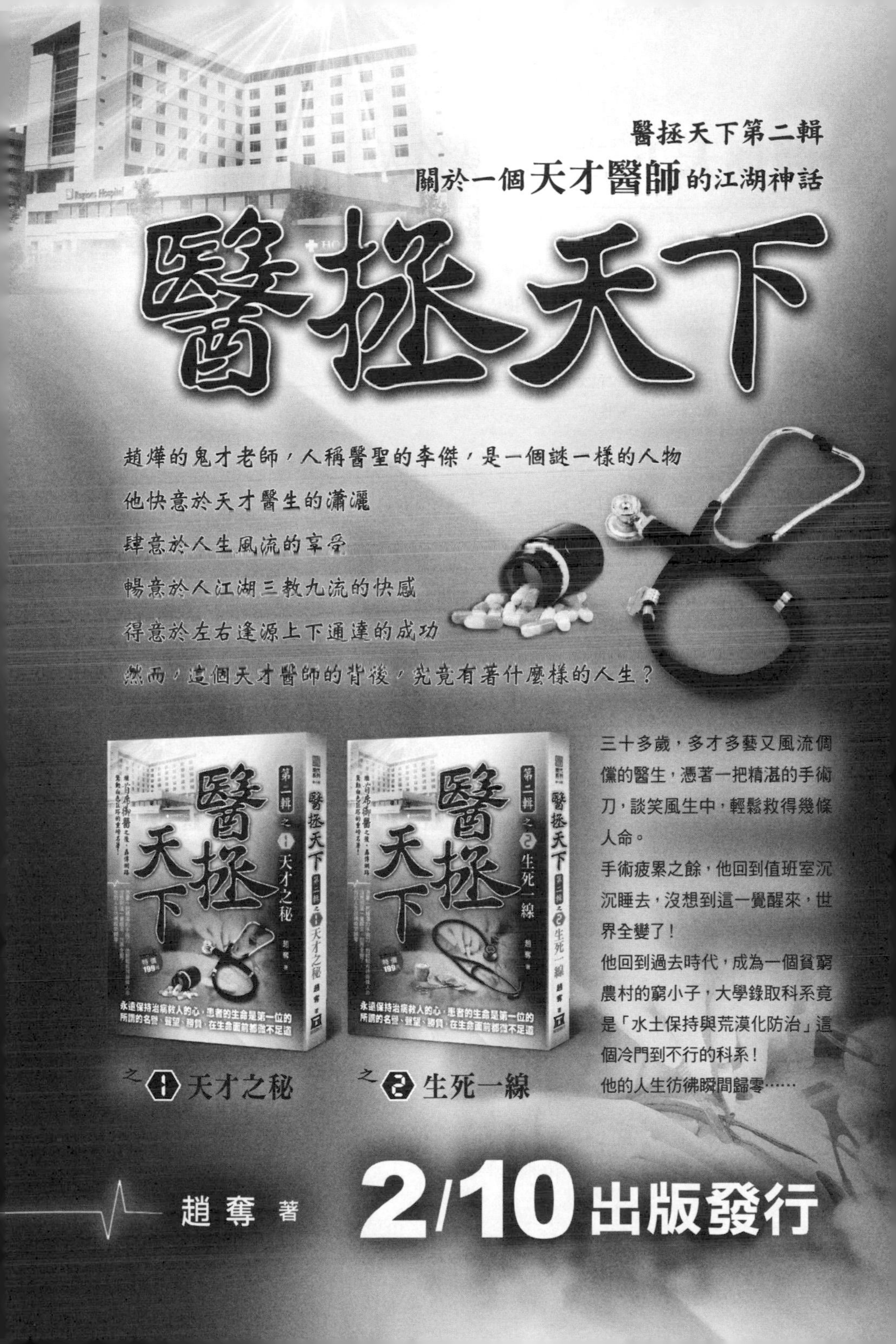
醫拯天下第二輯
關於一個天才醫師的江湖神話
醫拯天下
趙燁的鬼才老師，人稱醫聖的李傑，是一個謎一樣的人物
他快意於天才醫生的瀟灑
肆意於人生風流的享受
暢意於人江湖三教九流的快感
得意於左右逢源上下通達的成功
然而，這個天才醫師的背後，究竟有著什麼樣的人生？
三十多歲，多才多藝又風流倜儻的醫生，憑著一把精湛的手術刀，談笑風生中，輕鬆救得幾條人命。
手術疲累之餘，他回到值班室沉沉睡去，沒想到這一覺醒來，世界全變了！
他回到過去時代，成為一個貧窮農村的窮小子，大學錄取科系竟是「水土保持與荒漠化防治」這個冷門到不行的科系！
他的人生彷彿瞬間歸零……
之1 天才之秘
之2 生死一線
趙奪 著
2/10出版發行

醫拯天下 之六 揚名天下

作者：趙奪
發行人：陳曉林
出版所：風雲時代出版股份有限公司
地址：105台北市民生東路五段178號7樓之3
風雲書網：http://www.eastbooks.com.tw
官方部落格：http://eastbooks.pixnet.net/blog
Facebook：http://www.facebook.com/h7560949
信箱：h7560949@ms15.hinet.net
郵撥帳號：12043291
服務專線：(02)27560949
傳真專線：(02)27653799
執行主編：劉宇青
美術編輯：吳宗潔

法律顧問：永然法律事務所 李永然律師
北辰著作權事務所 蕭雄淋律師

版權授權：蔡雷平
初版日期：2015年2月
初版二刷：2015年2月20日
ISBN：978-986-352-111-2

總 經 銷：成信文化事業股份有限公司
地　　址：新北市新店區中正路四維巷二弄2號4樓
電　　話：(02)2219-2080

行政院新聞局局版台業字第3595號 營利事業統一編號22759935

定價：280元　特惠價：199元

國家圖書館出版品預行編目資料

醫拯天下 / 趙奪著. -- 初版. -- 台北市：風雲時代，
2014.11-冊；　公分

ISBN 978-986-352-111-2 (第6冊：平裝). --

857.7　　　　103020592